호수는 잠들지 않는다

1판 1쇄 발행 | 2016년 8월 25일

지은이 | 신서영
발행인 | 이선우
펴낸곳 | 도서출판 선우미디어

등록 | 1997. 8. 7 제305-2014-000020
02643 서울시 동대문구 장한로12길 40, 101동 203호
☎ 2272-3351, 3352 팩스: 2272-5540
sunwoome@hanmail.net
Printed in Korea ⓒ 2016. 신서영

값 12,000원

※ 잘못된 책은 바꿔 드립니다.

※ 저자와의 협의하에 인지 생략합니다.

※ 이 도서의 국립중앙도서관 출판시도서목록(CIP)은 서지정보유통지원시스템
   홈페이지(http://seoji.nl.go.kr)와 국가자료공동목록시스템(http://www.nl.go.kr/kolisnet)에서
   이용하실 수 있습니다. (CIP제어번호:2016020390)

※ 이 책은(재)경남문화예술진흥원으로부터 제작비 일부를 지원받았습니다.

경남문화예술진흥원 경상남도 한국문화예술위원회

ISBN 978-89-5658-461-4 03810
ISBN 978-89-5658-462-1 05810(PDF)
ISBN 978-89-5658-463-8 05810(E-PUB)

신서영 수필집

호수는 잠들지 않는다

선우미디어

책을 내면서

　글을 쓰고 퇴고하여 한 편의 작품이 되는 일은 내 속내를 다 드러낼 수 있는 절친한 친구를 사귀는 것처럼 마음이 편안했다. 안에만 갇혀 있는 생각의 분신을 거리낌 없이 드러내는 일이 싫지는 않았다. 마음의 문을 열어 세상을 아름답게 보고 사물을 긍정적으로 생각하는 텃밭을 스스로 가꾸어야 했다.

　자연은 삶에 있어 좋은 스승인 것 같다. 마당 한켠의 국화는 봄에 싹이 나서 무더운 여름을 견디고 가을에 봉오리를 맺어 무서리를 맞고서야 향기 품은 꽃이 된다. 겨울에는 땅속으로만 침잠하여 다가올 봄을 꿈꾼다. 더 무덥고 서리가 차가울수록 향기가 진해지는 국화 앞에서 바빠서 조바심을 낼 일도 뜻대로 되지 않아서 애태울 일도 없다고 여겨지는 것은 나이 탓일까.

애초에 글쓰기가 좋아서 시작했을 뿐, 책으로 엮어야겠다는 생각은 없었다. 세월에 떠밀려 온 것만큼 작품이 쌓이고 산달이 가까워 아이를 출산하는 것처럼 책을 출판하게 되었다. 한데 묶은 글들을 살펴보니 어쩌면 내가 살아온 한 단면을 보이는 것 같아 부끄럽기도 하다. 수많은 출판물이 쏟아져 나오는 요즈음, 주절이 쓴 글들이 혹시 소중한 시간을 빼앗는 민폐를 끼치지는 않나 조심스럽다.

돌이켜보면 지난했던 일들이 내게 덕이 되어 돌아오고 인생의 가을 문턱에서 이제는 한가로움을 느끼며 내게 온 선물, 혜윤이 있어 즐겁다.

책을 펴는데 도움을 주신 경남문화예술진흥원에 고개 숙이며 출판을 채근하신 신일수 선생님과 수고로움을 아끼지 않은 선우미디어의 이선우 님, 멋스러운 사진을 선물하신 오명숙 사진작가님께 고마움을 표하며 조언과 격려로 채찍질하는 가족, 사랑하는 사람들, 동생이지만 늘 언니 같은 영란에게 감사하다.

2016년 여름

신서영

4부 낯선 곳에서 둥지 틀기

5부 기다림의 미학

풀꽃
반지

자작나무와 주목

창밖에는 는개가 수런거렸다. 빽빽이 들어찬 자작나무 숲에는 꼬리 긴 낯선 새들이 자유롭게 지저귀며 새벽의 적막을 깨웠다. 호텔 앞의 좁다란 오솔길은 정겨운 이가 손을 흔들며 나타날 것 같은 상념에 젖게 했다. 아침 풍경에 어젯밤 늦게 백두산 아래에 도착한 피곤함과 비밀스럽고 폐쇄적인 주위의 분위기조차 잊었다.

천상에서 쏟아져 내리는 듯한 긴 물줄기의 장백폭포 아래, 통나무를 엮어 만든 숲속의 산책로를 같이 걷던 젊은 여 선생이 "지리산의 주목을 닮은 남자와 백두산의 자작나무 같은 여자가 천생배필!"이라고 하였다. 겉과 속이 붉은 주목을 닮은 남자는 정열적

이어서 사랑이 식지를 않는다고 한다. 여자라면 누구나 일생동안 변하지 않고 사랑해주는 그런 남자를 원하지 않겠는가.

자작의 일종인 사스레나무는 매서운 추위를 좋아하고 지상의 가장 높은 곳에서 자란다. 키 큰 자작도 북극이 가까울수록 난쟁이로 변해 수만 그루가 얼싸안듯 얼어붙은 땅을 이불처럼 덮고 있다. 껍데기를 벗겨도 또 다른 껍데기가 자꾸 나와서 속내를 알 수 없고 변신을 일삼는, 항상 신비로움을 간직한 아름다운 여자와 비유된다. 가을의 백두산은 곱게 물든 자작나무 잎으로 황금색 물결을 이루고 뽀얀 껍질로 감싸인 둥치는 미인의 살결을 연상시킨다.

소녀 때는 가끔 환상 속에 빠지기도 한다. 언젠가는 사랑하는 사람이 생기고 그 사람과 변치 않고 일생을 함께하리라는 부푼 기대감에 잠 못 이루는 밤도 있었다.

결혼을 하고 나이가 들수록 상상했던 미래가 얼마나 부질없었던가를 알게 되고 눈앞에 놓인 현실 앞에서 때론 절망하기도 한다. 부부로 만나 몇 십 년을 한 지붕 밑에서 살며 여자는 신비스러움을 잃지 않고 남자는 사랑을 느낀 처음의 그 정열을 간직할 수 있을까.

보통 사람들은 자신이 처한 삶의 범주에서 살아가기를 희망하지만 지루하게 반복되는 일상에서 가끔은 벗어나고 싶은 양면성을 지니고 있음도 부정할 수 없는 일이다.

눈앞에 닥치는 수많은 일들을 헤쳐 나갈 때 자신의 본성을 억누르며 고아한 자태로 대처할 수 있는 사람이 몇이나 될까. 그럴 때 드러나는 모습을 보고 상대방에 대해 실망하고 못내 참아야 하는 인고의 세월도 보내야 하리라.

서로에게 바라는 것이 많으면 실망도 커진다. 내가 해준 것에 대한 보답을 바라기보다 험난한 세상 한 자락, 내 옆에 있어주어서 고맙다는 생각을 가진다면 실망으로 인한 가슴앓이가 조금은 덜할 것 같다.

숱한 고난과 역경을 함께한 부부의 주름진 얼굴은 이성 간의 사랑보다 그저 담담한 혈연의 정이 느껴져 편안해 보인다. 그것은 주목의 정열과 자작나무의 신비로움을 잘 승화시킨 이들만이 이룰 수 있는 생의 서사시가 아니겠는가.

백두산 주변의 사람들은 자작나무 아래에 태어나서 자작나무와 함께 살고 자작나무에서 죽는다고 한다. 지붕과 땔감, 생을 마감한 뒤의 관까지 자작나무를 사용해서 생긴 말이다. 순수함과 정결을 잃지 않고 품위를 지키며 모든 것을 내어주고도 보답을 바라지 않는 어머니 같은 자작나무의 품성. 그런 성품을 반만이라도 지닌 여자에게는 아무리 잘못된 남자라도 때론 뜨거운 열정으로 사랑해주는 주목 같은 남자가 되어보려 노력할 것 같다.

늦가을부터 눈부신 은빛 나신을 드러내는 겨울숲의 귀부인인 백두산의 자작나무와 한겨울, 지리산의 칼바람에 붉은 청춘을 자랑하듯 의연한 자태로 당당히 선 주목은 어떤 것과도 비교할 수 없는 잘 어울리는 한 쌍이다. 그래서 멋을 아는 이들의 사랑을 받는 것이리라.

선물로 받은 주목으로 만든 찻잔 받침을 본다. 불타는 듯 타올라 나이테의 흔적조차 지워버린 붉은 나무. 상대에 의지하지 않고 순수한 영원을 꿈꾸는 가장 이상적인 연인의 품성이 이럴까. 주목받침 위에 자작나무로 곱게 다듬은 치마 입은 목각인형을 얹는다. 어디선가 참새목 소리가 들리는 듯하다.

*참새목: 극락조과에 속하는 소,중형의 산림성 조류

살아있는 날의 행복

세 명의 여자가 시월의 저녁 시간에 만나 영화를 보기로 하였다. 영화 제목을 미리 정한 것이 아니라 영화관에 나열된 프로에서 고르기로 했다.

영화 〈우리가 행복했던 시간〉은 계속되는 더운 날씨로 인해 가을을 느끼지 못하고 있던 내게 가슴 서늘케 하는 가을바람이었다. 하지만 영화를 보고 난 뒤, 숨이 막힌 듯 답답했다. 슬픈 장면을 보고 실컷 울어 마음을 정화시켜야 했는데 그러지 못한 탓이었다.

"술 한 잔 할래요?" 영화관을 빠져 나오며 물었다. 내답이 없었다. 두 사람의 눈두덩이 불그레하다. 영화를 보며 거침없이 눈물을 쏟은 것 같았다. 바쁘다며 달려가는 그네들과 헤어져 집에 들어서자 유리잔에 와인을 가득 부어마셨다. 눈꺼풀에 실려 있던 눈물이 쏟아지며 가슴속도 시원해졌다. 슬픔이 눈물로 녹아 흐르면 슬픔의 농도가 사그라지기 마련인데 가슴에 응어리가 맺히도록 슬퍼도 쉬 눈물이 나지 않는 것은 내 눈물샘이 메마른 탓인지 감성의 문이 닫힌 것인지 알 수가 없다.

그림을 전공한 문유정은 프랑스에서 유학하고 집안에서 경영하는 수도권 소재의 대학에 전임강사로 일한다. 열다섯 살 때, 재벌가의 사촌오빠로부터 강간당한 슬픔으로 세상 밖에 내동댕이쳐진 것 같은 자신의 삶을 진부하다고 생각하고 죽음에 집착한다.

세 번째의 자살을 시도하는 유정. 엄마를 상처 입히고 사춘기 소녀처럼 반항하며 현실과 타협하지 못하던 유정은 일흔이 넘은 수녀, 모니카 고모와 동행하여 사형수인 정윤수를 만나게 된다. 사람의 만남은 예정된 것일까. 윤수와의 만남에서 동질감을 느낀 유정은 차츰 그에게 애정을 느낀다. 감기약 하나를 사지 못해 동생의 눈이 멀게 되고 애인의 수술비 삼백만 원 때문에 살인을 저지른 윤수. 추운 겨울밤 골목길에다 동생 은수와 자신을 세워 둔 채 방안에서 쪽창을 닫아버리는 어머니를 등지며 세상으로 향한 마음의 창을 닫는다.

　지하철 앵벌이 시절, 노숙자 생활로 추위에 떨며 죽은 동생 은수를 보내고는 단지 죽고 싶다는 생각만으로 세상을 살아온 그도 차츰 유정과의 만남이 기다려지고 살아있는 날이 길었으면 좋겠다는 바람을 가진다. 삶에 대한 애착이 강할수록 죽음을 생각하는 것은 아닐까? 상대방을 배려하지 않고 자신만 사랑받길 원한다면 결국 자신만의 울타리에 갇혀 타인으로부터 소외당하고 세상엔 발붙일 곳이 없다는 생각으로 죽음의 유혹을 받게 될 것이다. 윤수와 유정이 서로를 이해하게 되면서 상대를 가슴속으로 받아들인다. 그러나 윤수의 사형집행일이 정해지고 유리창 너머로 윤수를 지켜보는 유정의 눈에서 끝없이 눈물이 흐른다. 그 눈물은 집행당하는 윤수에 대한 것도 있겠지만 유정 자신이 마음 깊숙이 닫아놓았던 세상을 향해 마음의 문을 여는 눈물이었다.

　가끔 나는 숨 쉬고 있다는 것을 소중하다고 자각하지 못할 때가 많다. 쓸데없는 일에 얽매여 괴로워하며 시간을 허비할 때가 많은 것이다. 며칠 전, 친구의 휴대폰에 건다는 것이 번호를 잘못 누른 모양이었다. 갑자기 "오늘 당신이 허비하고 있는 시간이 죽음을 앞둔 환자에게는 간절히 살고 싶은 시간입니다!" 용수철처럼 튕겨져 나오는 말에 놀라 와다닥 버튼을 눌러 꺼버렸다. 한참을 멍하니 있다가 '그래 내가 지금 뭘 하고 있었지. 세상 돌아가는 것을 다 알려고 하지 말자. 지금 꼭해야 할 일부터 하자.' 그렇게 생각하고 시작한 일이 하루 종일 끝이 없었다. 먼저 어항에 물을 갈아주고 누렇게 말라가는 난초 잎도 잘라주고 헝클어진 러브체인의 줄기도 가지런히 잡아주었다. 물풀에 크게 입질하며 즐겁게 헤엄치는 금붕어를 보자 마음이 한결 가벼워졌다. 바람에 살랑대는 러브체인도 내게 사랑한다고 속삭이는 것 같았다.

　무엇이든지 사랑한다는 것은 그저 주는 것이 아니라 내게 다시 그 사랑이 돌아오는 것이었다. 혹 그 사랑이 돌아오지 않더라도 바뀌는 계절을 느낄 수 있고 찬란한 햇빛 아래 설 수 있다는 것은 아름다운 일이다. 살아있는 동안 내내 행복하다고 느끼며 살 수는 없겠지만 간혹 내가 숨 쉬는 것을 자각할 수만 있어도 모든 것을 사랑할 수 있는 행복한 시간이 될 것 같다.

　누구나 사랑에 대한 추억이 있으리라. 생김새가 잘났든 못났든, 성질이 순하든 악하든지 그 사랑에 대한 기억을 평생 가슴속에 간직한 채 가끔씩은 그리워하리라.

달빛, 그림자

촉석루 옆의 인사동 사거리다. 건널목에서 지루하게 신호를 기다리며 번쩍거리는 전광판 위의 하늘을 본다. 계란 같은 열사흘 달과 별이 아스라이 보인다. 숨을 멈추며 달빛을 헤아려보려 애쓰지만 자동차의 강렬한 헤드라이트에 눈이 시리다. 달과 별이 내 망막에서 지워지고 마음은 잘린 나무토막처럼 삭막해진다.

요즘 내 그림자 본 지가 오래 되었다. 옛말에 그림자가 없는 사람은 귀신이라고 했는데 산 사람이 귀신일 리는 없고 그만큼 정신없이 바쁘게 사는 탓일 게다. 길을 걸으며 내 그림자를 살피는 여유가 필요하다는 것을 절감한다. 모습의 그림지보다 일상의 뒷모습을 생각하며 수습할 나이가 되었나보다.

어디로 가나 환한 길이다. 낮과 밤의 구별이 없는 세상이라 낮의 밝음과 밤의 어둠이 주는 정서가 메말라 가는 것 같다. 보이기만 하는 빛이 아니라 어느 곳에 있더라도 마음까지 따뜻하게 밝혀주는 빛이 새삼 그리워진다.

이십대 때의 일이다. 첫 월급을 타서 식구들의 선물을 산 늦은 겨울 밤, 달빛을 받으며 나와 같이 오던 달과 내 그림자. 그래서인지 외롭지 않았고 온 가슴이 온화한 달빛으로 가득 찼었다. 내 이익보다 가족의 즐거움이 더 기쁘던 시절이었다.

형광등 불빛에 익숙해진 생활은 달빛이 어둡게만 느껴지고 쉽고 편한 것만 찾을수록 마음은 늘 바쁘고 부대끼기만 한다. 이젠 시골이나 깊은 산골에 들어가지 않고는 은은한 달빛의 매력을 느껴보기가 쉽지 않다. 생활과 환경이 그럴수록 순수함도 떨어지는 것이 아닐까.

앞만 보고 사는 것보다는 한 템포 더딤의 여유로 옆과 뒤도 돌아봐야 지난 뒤에 후회함이 조금은 덜할 수 있으리라

박 바가지

　　지난여름, 앞집의 사촌동서가 심은 박이 길게 줄기를 뻗더니 우리 집 담장을 덮었다. 해가 지면 하얀 박꽃이 소담스레 피어나고 마당 가득히 달빛이 넘치면 끼니를 걸러도 배가 부를 만큼 가슴이 부풀었다.

　　공깃돌만한 파르스름한 박이 맺히더니 추석 무렵 세 덩이가 담장 밑의 화단가에 뒹굴었다. 한 덩이는 어머니 제사에 가져가고 두 덩이가 남았는데 시월이 되자 흙에 닿은 한 덩이가 상해서 따서 옆을 오려내고 말렸다. 옆구리가 어른주먹이 들락거릴 만큼 구멍이 나고 꼭지가 휘어져 조롱박같이 된 박은 말린 나물거리를 채워 넣어두면 좋을 듯 했다.

아침저녁 쌀쌀한 날씨가 되자 앞집에서 줄기를 걷어버렸다. 남은 한 덩이의 박은 꼭지가 말라서 장독 위에 두었는데 껍질에 얼룩덜룩 핀 곰팡이가 할머니 얼굴의 검버섯 같았다.

손으로 낼 수 없는 애환의 무늬는 어찌 보면 동굴 속의 벽화나 암호문 같기도 하고 뭔가를 전하고자하는 기호로도 보인다. 그 기호 속에는 달빛의 속삭임과 뙤약볕 아래서 견뎌낸 열정도 숨어 있지 않을까.

박을 탄다. 서투른 톱질에 끼익끽 소리를 내며 금이 간다. 놀부의 박일까, 흥부의 박일까. 내가 착한 일을 별로 한 적이 없으니 놀부의 박이 분명하다. 누렇게 익은 단단한 껍질을 쪼개자 흰 밥알 같은 것이 톡톡 튄다.

하이고! 바가지를 그대로 던질 뻔 했다. 늙은 박은 자신의 살을 갉아 먹는 결코 환영 받을 수 없는 생명체를 따뜻하게 품고 있었다. 씨가 박힌 속살을 벌레에게 내어주고 껍질은 목마른 이들의 갈증을 풀어주는 바가지로 쓰이는 박. 하나라도 버리지 않는 그 씀씀이에 내 삶은 어떠한가 생각해 본다. 숙연해지는 날이다.

잘 씻어 삶아 햇볕에 말린 박 바가지 두 개를 시렁에 걸어두었다. 흥부의 박으로 만들기 위하여.

나그네

　반듯하게 드러누운 앞산의 진달래가 분홍물감을 풀어 헤치던 날, 깊은 산골짜기의 암자에 한 젊은 처사가 이슬에 젖은 모습으로 찾아 들었다. 제대로 고개를 들지도 못하고 걸음걸이는 술에 잔뜩 취한 사람처럼 비틀거렸는데 삶에 지친 모습이 역력했다. 그는 진달래가 지고 철쭉이 붉은 치마를 두르는 것을 간혹 멍하니 바라다 볼 뿐 방안에서 잠만 잘 뿐이었다. 가끔 암자에 들르면서 희귀한 새를 구경하듯 그를 지켜보았다.

　갓 태어난 아기가 눈 뜨고 몸을 뒤집고 또 걸음마를 하려고 서두르듯이 암자에 온 지 한 달쯤, 차에서 내려놓는 짐을 받으러 비탈길을 잰걸음으로 내려오는 활기찬 그의 모습이 꼭 아이 같았다.

　정신병원의 약이 독하였던지 그동안 먹은 약 기운에 흐려있던 그의 눈망울이 또렷해졌다. 바가지에 쌀을 씻어 밥을 지었고 여남은 사람들이 오랜만에 귀한 밥을 먹었다고 설거지통 앞에 앉아있는 그를 격려해 주었다. 어떻게 하면 되냐고 무슨 일이든지 먼저 내게 물어서 귀찮기도 했지만 말 잘 듣는 제자를 둔 느낌이었다.

새파란 물감을 풀어 수채화를 그린 듯한 산의 정겨움이 그의 눈을 맑히고 시원하게 흐르는 계곡의 물소리가 그의 귀를 씻어 준 듯하였다.

자목련 꽃잎이 새가 꼬리를 쫑긋거리듯 속삭이다가 지고 매화나무 아래 목단이 한낮의 햇볕에 꾸벅거리며 졸던 어느 일요일. 돌을 쌓아 만든 아궁이에서 쓰레기를 태우던 그가 혼자 중얼대더니 작은 종이쪽지를 내게 불쑥 내밀었다. '당당하게 살자.' 나는 고개를 끄덕거렸다. 당당하게 살 수 없으니까 폭음을 하였을 것이고 술을 이기지 못해 반미치광이가 된 그를 보다 못한 가족들은 정신병원에 입원시켰을 것이었다. 그는 잊을 수 없고 견딜 수 없게 만드는 모든 것을 쓰레기를 태우듯 불에 태운다고 하였다. 기도도 열심이어서 어눌한 발음에 목이 쉬는 것도 아랑곳 하지 않고 염불을 했다. 양파 껍데기를 벗겨내듯 닫혔던 마음의 창을 열고 세상을 바라볼 수 있게 된 것 같았다.

여름은 불 땐 가마솥처럼 덥고 길었다. 계곡의 소풍객들이 하나 둘씩 줄고 나뭇잎은 바람결에 신나게 왈츠를 추었다. "낙엽이 지면 떠날 겁니다." 불쑥 내뱉는 그의 말에 "모든 것이 떨어져서 떠나는 계절에 길을 나서는 것이 아니라고 더 가슴속이 여물어질 때까지 눌러 있으라."며 퇴박을 주었다. 집에 돌아와 그가 어찌 되었는지 궁금하였지만 꾹 눌러 참았다.

차에서 내려 심호흡을 하다가 굴러다니는 나뭇잎을 애써 쓸어 모으는 그를 보았다. 그가 떠나지 않은 것에 대한 선물로 준비해 둔 큰스님들의 법문을 모은 책 세 권과 노트 한 권을 내밀었다. 일과가 끝난 저녁이면 내가 준 책으로 공부를 하는지 방안에서 나오지를 않았다.

계곡의 물소리와 나뭇잎들이 사각대는 소리, 짐승들의 발자국 소리까지 그가 느끼는 온갖 것들을 말했다. 귀찮아하면 "내가 떠나고 나면 듣지 못할 소리"라며 땅의 속삭임과 하늘의 눈빛까지도 이야기하였다.

겨울의 문턱을 지날 즈음, 반짝거리는 눈빛으로 "첫 눈이 오면 만행을 떠나겠다."고 그가 말했다. 이젠 더 붙잡을 수 없겠다는 생각이 들어서 그 말을 못 들은 척하며 돌아섰다. 겨울의 따뜻한 햇살이 그의 발목을 붙들고 있었다.

연말을 며칠 앞둔 어느 토요일, 새침하게 토라진 날씨는 밤새 세상을 하얀 눈으로 덮었다. 창을 열어젖히고 은빛의 풍경을 보다가 나는 무엇에 놀란 듯 몸을 움츠렸다. 그가 떠날 것이라는 생각에 가슴이 차가운 눈에 닿은 듯 아렸다. 그는 하루 종일 말이 없었고 산꼭대기의 나목 사이로 햇빛은 긴 여운을 남기며 스러져 갔다. 어스름 녘, 간단한 여장을 챙긴 그는 발목에 차오르는 어둠을 밟으며 마당으로 내려섰다. 사방으로 절을 한 후, 창가에 서 있는 내게 손을 흔들고는 언덕을 돌아 어둠 속으로 사라져갔다. 마치 우리 모두가 언제인가는 헤어지는 것처럼. 떠나고 나면 읽어보라며 그가 손에 쥐어준 종이쪽지를 꺼내보았다.

'깨어 있어야 한다. 깨어 있어야 한다는 생각으로부터도 깨어 있어야 한다네. 보고 들어라. 그리고 느껴라. 그래도 모르면 물어보라. 먼저 짐작하고 안다면 그것은 망상이다.'

떠나는 것은 시작을 의미하는 것. 갇혀있는 물보다는 흐르는 물이 맑듯이, 당당할 수 없었던 과거의 사슬을 벗어 던지고 세상을 향하여 한 발 두 발 내디딜 그의 발걸음. 짙어지는 어둠 속으로 안녕 하길 바라는 내 마음을 바람결에 살포시 실어 보냈다.

古家

붉은 댕기를 풀고 쪽머리에 은비녀를 꽂던 날, 열여섯 소녀는 해를 안았다. 친정에서 달포를 지내고 길일을 잡아 시집으로 가는 날이다. 지금까지 마을 밖을 한 번도 나가본 적이 없는 새악시는 열두 폭 다홍치마에 초록색 저고리를 입는다. 오렌지색 두루마기 옷고름을 매어주시던 어머니는 걱정스러운 눈빛으로 딸애의 등을 자꾸만 쓸어내린다. 아무래도 종갓집 큰며느리로 딸을 보내기가 미덥지 못한 탓이다. 새악시는 사랑채의 어른들께 인사를 올린 뒤 바깥마당에 내려둔 가마에 올라탔다. 세 살 아래의 신랑은 조랑말을 타고 마름에게 말고삐를 맡긴 채 대문 밖에서 기다리고 있었다. 흔들거리는 가마의 쪽문 사이로 자꾸만 멀어지는 어머니의 모습이 뿌연 안개에 싸인 듯 흐려졌다.

금동(琴峒). 옛적, 땅속에서 거문고 소리가 들려 지었다는 동네 이름. 지반이 약해 기와를 올리지 못하는 곳. 붉은 옻칠을 먹였던 서까래는 먹빛으로 변했다. 5대(代)를 내려오며 온갖 서러운 일과 기뻤던 웃음소리까지 삼켜 속까지 검게 탄 것일까.

잠겨있는 안사랑의 대문을 열고 들어선다. 여름부터 떨어진 감잎이 붉은 황토마당에 수북이 쌓였고 설익어 떨어진 감은 토담의 기왓장에다 심술스런 그림을 그려 놓았다. 집 뒤의 대밭이 수런대더니 까치 떼가 날아올라 소나무에 앉는다. 낙숫물을 받은 작은 돌절구에 높푸른 하늘이 여울대고 아직도 마알간 대청마루엔 시아버님의 그림자가 가득하다.

바람결에 들려오는 글 읽는 소리, 안채에서 울리던 똑고르게 리듬을 타던 시어머니의 다듬이소리, 집 뒤 산에 멀쑥하게 자란 한 아름드리 적송들. 웃어른들의 기상이 배어 있는 안팎을 둘러보며 흐트러졌던 내 마음을 다시 한 번 추슬러 본다.

문득 사랑채에서 들리던 아버님의 잔기침소리가 그립다.

풀꽃반지

쑥부쟁이가 고개를 쑥 내밀고 볕을 쪼인다. 파릇한 잎들이 바람자락에 파르르 떨고 있다. 두 팔을 한껏 벌려본다. 무겁다. 날갯죽지 꺾인 새처럼. 마음에 아직도 웅크리고 있는 겨울 탓인가 보다. 토끼풀이 옹기종기 모여 수다를 떨고 있다. 추위가 채 가시지 않은 잎사귀의 볼이 발그레하다.

경호가 우리 집에 왔을 때, 내 나이 열다섯이었다. 방앗간의 원동기도 돌리고 불도 때며 잡일을 할 수 있는 아이를 구했다. 위로 누나가 둘 제분 공장에 다니고 아래로 쌍둥이 여동생과 남자 막냇동생이 있다고 했다. 경호는 아침저녁으로 출퇴근을 하였다. 방앗간에 딸린 작은방을 쓰라고 하였지만 중풍으로 몸져누운 아버지가 걱정되고, 고생하시는 어머니를 도와야 한다며 고집을 부렸다. 축담에 넘어져 앞니 하나가 빠진 경호는 나와 동갑이었다. 피부가 희고 잘 생겨서인지 오빠가 입던 옷을 입히자 일하는 애 같지 않았다. '저 애가 누구냐'고 묻는 동네사람들에게 어머니는 '다 큰 아들을 하나 주웠다'고 이야기하였다. '잘 키워서 사위 삼으면 되겠네.'라는 동네 사람들 말에 경호는 코를 벌름거리며 나를 흘깃흘깃 보았다. 그 눈짓이 기분 나빠서 나는 애써 외면을 했다.

어쩌다 안집으로 경호가 들어와 같은 밥상에 앉을 때면 고개를 숙이고 벌레 씹은 표정으로 밥을 먹었다. 일을 마치는 저녁때면 동네친구라는 여자애들이 두세 명 방앗간에서 기다렸다가 경호와 같이 집으로 갔다. 공장에 다니는 아이들이라고 했다. '저 애들하고 같이 다니고 싶어서 집안 핑계 대는 거지.' 엷게 화장기 있는 그 여자아이들이 꼬리 서너 개 달린 여우로 보였다.

경호가 우리 집에 온 지 일 년이 되어갈 무렵, 사고가 났다. 원동기를 돌리던 손을 헛짚어 넘어지면서 손바닥이 찢어진 것이다. 일요일 아침, 어머니는 닷새 정도 집에서 쉬게 된 경호 집에 갔다 오라며 보자기에 싼 약과 인절미를 막내이모와 내게 내밀었다. 세 살이 더 많아 언니 같은 막내이모와 집을 나섰다. 이십분 정도 걷자 길이 없어졌다.

　이제는 기찻길로 가야 했다. "어!" 우리는 입을 벌린 채 멍하니 앞만 바라보았다. 끝이 아득한 기찻길에 오월의 햇볕이 녹아있었다. 철길 위엔 신기루처럼 아지랑이가 아른거리고, 비누거품 같은 것이 스멀거리며 하늘로 오르다 흩어지곤 했다. 들어가면 빠져 나갈 수 없는 미로 같기도 해서 나는 이모를 보았다. 이모도 같은 생각이었는지 나를 보며 피식 웃었다. 우리는 가위 바위 보로 이긴 숫자만큼 레일을 타기도 하고 두 팔을 벌려 철길을 따라 걷기도 하면서 머리에 인 보자기를 몇 번이나 떨어뜨렸다.

　경호가 사는 동네는 기찻길이 공동묘지를 피해서 휘도는 곳, 바로 그 앞이었다. 기찻길로 올라설 때 우리가 바라본 끝이 아심했던 그 곳이었다. 동네는 빈촌이었다. 기찻길 양편 언덕에 다닥다닥 붙은 함석지붕들이 긴 기적소리에 날려가지나 않을까 걱정될 정도로 집들이 작았다.

　우리는 밭일을 하는 아주머니에게 경호의 집을 물었다. 철길을 등지고 있는 검은 함석지붕을 인 집이었다. 둔덕으로 올라섰다. 싸릿대 담장 사이로 민들레며 제비꽃이 수줍은 듯이 우리를 반겼다. 집 앞의 넓은 들녘엔 파란 보리가 물결처럼 남실거렸다. 경호가 출퇴근을 고집한 이유를 알 것 같았다. 성글게 엮어 배스듬히 젖혀놓은 싸리문 안으로 들어갔다.

툇마루 아래 눈에 익은 검정 운동화가 보였다. "경호야!" 이모가 부르는 소리에 낮은 외짝 문이 화들짝 열렸다. 경호가 눈을 부비며 내다보곤, 빠진 앞니를 드러내며 씩 웃었다. 어머니는 들일을 나가셨다는 말을 귓등으로 들으며 나는 툇마루 한쪽에 걸터앉았다. 좁은 마당 한켠에는 살뜰하게 꾸민 꽃밭이 있고 그 옆 자잘한 돌 위에 놓인 항아리는 햇빛에 반짝거렸다. 싸리담장을 타고 오르는 줄장미 넝쿨 아래는 토끼풀이 무리지어 키 재기를 하고 있었다. 나는 담장 옆에 가서 쪼그리고 앉아 네잎클로버를 찾으려고 풀잎을 뒤적거렸다. 풀잎 사이사이 꽃대가 올라와 하얗게 핀 꽃이 수은등 같았다. 꽃잎을 쓰다듬고 있는 내 곁에서 경호는 꽃을 꺾었다. 그리고는 꽃대를 손톱으로 벌려 다른 꽃대로 깍지를 끼워서 반지를 만들었다.

"이거 낄래?" 나는 말없이 손을 내밀었다. 경호의 거즈로 동여맨 손이 내 왼손 중지에다 꽃대를 매듭지어주었다. 나는 오른손 검지에도 꽃반지를 끼었다. 일하다가 허겁지겁 달려 온 경호어머니가 점심을 먹고 가라고 붙잡았지만 이모와 나는 도망치듯 나왔다.

기찻길을 되돌아오면서 어두운 밤길을 혼자 걸을 수 없는 여자애들이 경호를 찾아올 수밖에 없겠다는 생각이 들었다. 집으로 오는 사이 꽃반지는 시들어 버렸지만 그 후 경호와는 사이좋은 친구가 되었다. 어머니의 권유로 야학에 다녔지만 우리가 방앗간을 팔고 이사를 하자 부산의 신발공장으로 갔다.

두 팔을 벌리고 하늘을 난다. 철길 위에 아지랑이같이 흩어지던 신기루, 앞니 빠진 경호가 내 의식 속에서 비집고 나와 하늘에서 빙빙 날고 있다.

살그머니 주저앉아 토끼풀을 헤쳐 본다. 앙증스러운 네 개의 풀잎. 행운이다! 작은 수첩을 꺼내 얼른 갈무리한다. 내 안에 잠자는 순수를 위하여.

나무와 개미

올봄 시골집 수리를 시작하던 날, 맨 먼저 마루 밑에 채워 넣은 황토를 파내고 기둥들을 살폈다. 모두 밑동이 썩어 있었다. 그곳을 잘라내고 둥치가 같은 나무를 받쳤다. 잘라낸 나무들을 태워버리려는 것을 고방에 모아두었다. 성한 곳을 잘라 찻잔 받침이라도 만들 수 있을 것 같았기 때문이다.

성한 곳의 몸체가 발그레한 것이 적송(赤松)이다. 잘려나간 나무의 나이테는 선이 굵은 것, 가늘고 구부러진 것이 미로 같지만 끊어지거나 어긋나지 않은 규칙이 있다. 둥글게 넓혀나간 해마다의 흔적, 아파했고 즐거웠던 나무의 추억무늬다.

한 계절이 지나, 썩은 곳엔 송송 구멍이 생겼다. 개미들이 집을 지은 것이다. 개미는 나무의 고마움을 알기나 할까?

어떤 사람이라도 혼신을 다하여 남을 지켜주기는 쉬운 일이 아닐 것이다. 어버이의 정으로 맺은 혈육에 대한 사랑일지라도 한 계점이 있기 마련이다.

바람에 간지럼 타며 푸르게 숨쉴 때의 아름다움과 쭈욱 곧은 허리를 펴고 지붕을 받쳤을 때의 멋스러움도 잊고, 이제는 흙으로 돌아가고 있는 썩은 나무의 모습을 보며 숙연해진다.

한때, 내가 간직하며 기도하던 책 속에 자신의 모든 것을 '사랑하는 님'에게 다 내어주고 거기서 지혜를 얻는, 이광수의 「애인(육바라밀)」이 적혀 있었다. 그 내용에 심취했던 무지개 빛깔의 가슴 두근거림도 잠시, 하얀 책장이 바래지기도 전에 설레던 기억은 퇴색되고 말았다.

자신만을 지키려는 개미 같은 이기심은 남에 대한 배려를 생각 못한다. 후회하는 마음으로 지난 일을 그려보지만 되돌릴 수가 없다. 남을 소중하게 여기고 모든 일에 감사하는 긍정적인 생각이 곧 자신을 사랑하는 일인 줄 알지만 잘되지 않는다.

황토고방 구석에 잦바듬히 기대어 개미들에게 온 몸을 내어주는 무언(無言)의 나무에게서, 인욕(忍辱)과 지혜를 배운다.

뿌리

희뿌옇게 창호지문이 밝아지면 나른하게 누워 있고 싶지만 햇살의 정겨움에 마당으로 나선다. 풀잎이 흠씬 젖던 이슬이 멎고 잔디는 싯누런 색으로 물들었다. 뻣뻣하게 솟아있던 풀들도 힘이 빠진 듯이 허리를 꺾는다.

아침 식단에 오를 애호박과 풋고추, 가지를 따고 주스용 케일 잎도 바구니에 담는다. 산 밑의 연못가엔 구절초와 들국화가 흐드러지게 피었다. 여기저기 뒹굴고 있는 늙은 호박덩이에도 눈맞춤을 하고 부추 밭 앞에서 걸음을 멈추었다. 연둣빛으로 단장한 민들레 새 잎들이 옹송그리며 돋아있다.

이른 봄에 잎이 나고 귀여운 꽃을 피우더니 뙤약볕에 바짝 말라 찢어졌었다. 불그스레 피멍까지 들던 잎들이 씨방을 곧추세우고 하얀 솜털을 풀풀 바람결에 날려 골목어귀와 마당 위를 뒹굴었다. 여름장마 탓인지 흔적조차 없어져서 앙증스러운 하얗고 노란 꽃들을 잊고 있었는데 온갖 잎들이 단풍으로 물들고 떨어질 때 말끔하게 단장한 새 잎으로 수줍게 돋아나서 해살거린다. 새 생명을 보듯이 반갑다.

　시골사람들은 어디에서나 표가 난다. 햇볕에 검게 그을린 얼굴, 굽어진 허리, 휘어진 다리로 걸으며 힘들어 한다. 시내에서 살 때는 그런 모습을 도저히 이해할 수 없었지만 시골생활을 하면서 그들의 망가진 몸이 얼마나 값어치가 있는지 절실히 느낀다. 열악했던 환경에서 가난을 이겨내고자 고된 농사일을 하였을 것이고 아파도 참으며 가정의 행복을 지키려 했을 것이다. 나이 들어서인지 이제는 사람 보는 눈이 바뀌어서 상대방의 내면을 들여다보는 버릇이 생겨 탈이다. 눈동자를 가만히 들여다보면 마음이 보이는 듯하다. 잘 차려 입고 가식적으로 웃는 번지레한 겉치레보다는 화를 잘 내고 잘못 된 점은 지적하더라도 순박한 심성을 가진 이들 곁에 다가가고 싶다. 속은 덮어 두고 겉으로만 진심인 체 포장하며 사는 사람들에게 식상한 탓일까.

한 해를 넘기기도 전에 찢기고 멍든 옷을 버리고 새잎과 꽃으로 단장하는 민들레를 보고 망가진 몸을 다시 고치기는 쉽지 않지만 이들도 적절한 치료를 받아 건강하게 살았으면 하는 바램을 가져본다.

진실과 순리대로 살면서 잘 키워낸 후손들이 이제는 그 희생에 대한 보답으로 건실한 사회의 한 일원들이 되어 버티고 있지 않은가.

하얀 찔레꽃

하얀 찔레꽃은 순결한 피 같다. 연록의 나무 잎사귀에서 바람이 춤을 춘다. 하얀 꽃잎이 나비처럼 날아 앉는다. 바깥사랑채의 토담 위로 흰 찔레꽃이 흐드러졌다. 가지 끝에 매달린 꽃 한 송이를 꺾어서 내 머리에 꽂는다.

오늘은 할머니 기일이다. 할머니는 스물여덟에 혼자 되셨다. 아버지를 조금 떨어진 이웃 마을의 처녀와 결혼을 시켰다. 내 어머니는 성격이 깔끔하고 손끝이 매웠다. 아버지와 어머니는 남달리 정이 깊었다. 고부간에는 가끔씩 불꽃이 일었다.

작은 아버지가 결혼을 하고는 할머니를 모셨다. 내가 중학교 입학 할 무렵까지 그렇게 살았다. 할머니 집의 앵두가 빨갛게 익기 시작할 때 우리는 할머니 집으로 이사를 갔다. 작은 아버지가 새 집을 지어서 이사를 가셨기 때문이다. 나는 할머니와 같이 큰방에서 지냈다.

여름날, 빳빳하게 풀을 먹인 요 홑청이 깔끄러워서 싫었지만, 할머니와 정이 들면서 익숙해졌다. 내가 잠들 때까지 할머니는 보름달 같은 넓적한 부채로 바람을 흔들어주셨다.

할머니는 흰 옥양목에 찔레꽃이 수놓인 저고리를 즐겨 입으셨다. 깔끔한 성격에 해맑은 피부를 가지신 할머니는 이른 아침 마당가에 핀 찔레꽃 같았다. 나는 담장에 피어있는 찔레꽃을 가득 꺾어서, 큰방에 꽂아 두었었다. 밤이 되면 나는 할머니의 옛날이야기 속에서 살았다. "분이 너도 착하게 살아라. 착한 끝은 있다고, 나이 들수록 좋은 일이 생기는기라 알았제?" 할머니의 콩쥐 팥쥐 이야기는 내가 읽은 책속의 내용과는 좀 달랐지만, 나는 그저 고개를 끄덕였다.

내가 고등학교 2학년 때, 할머니는 큰방에 혼자 남았다. 치매에 걸리셨기 때문이다. 나는 일본식 창을 낸 부엌방으로 옮겨갔다.

할머니는 한밤중에도 부엌으로 나가셔서, 아무거나 손으로 집어먹고, 달 밝은 밤이면 비녀를 풀고 마당에서 서성거렸다. 어머니는 질-겁을 하셨고, 오빠와 동생들은 방안으로 들어갔다. "할무이 귀신같다. 방에 들어가자." 내가 검불 같은 손을 잡으면, 히죽 웃으시면서 들어가시는 할머니를 방에 눕혀드리고 내방으로 왔다. 마당으로 난 창문을 열고, 밤하늘을 올려다보는 내 눈에 이슬이 맺혔다. 별들도 바람이 스치는지 눈을 깜박 그렸다. 나는 할머니의 정신이 저 별들처럼 초롱초롱해지기를 빌었다.

할머니는 정신을 놓으시고도, 입는 옷과 이부자리만큼은 깨끗해야 했다. 옷에 뭐가 묻었다 싶으면 금방 갈아입은 새 옷도 쓰레기통에 버리셨기 때문에, 엄마는 몹시 속상해 하셨고, 아버지는 헛기침만 하셨다. 아침저녁으로 제법 서늘해진 어느 날 오후였다. 남동생이 나무액자를 하나 사 왔다. 찔레꽃 그림 사이로 시가 흐르고 있었다.

꿈결처럼
초록이 흐르는 이 계절에
그리운 가슴 가만히 열어
한 그루

찔레로 서 있고 싶다.

　　—문정희 〈찔레〉

"야-가 정신이 있나 없나 할무이가 이걸 어찌 볼끼고?"

"누나야! 할무이가 찔레꽃을 좋아하시니까. 병이 나을지 아나?
벽에 걸어 놔 보자."

동생이 벽에 그림을 걸었다. 할머니는 일어나서 손으로 유리에
덮인 찔레꽃을 만지셨다.

나는 학교 갈 때면 할머니께 꼭 인사를 드렸다. 할머니의 병세
가 심해져서 누구인지 알아보지 못하게 되었을 때는, 방문을 열
고 문정희의 〈찔레〉를 보면서, 할머니가 좋아하시는 찔레꽃이 수
놓인 저고리를 입고, 작은 쪽거울 앞에서 단정하게 머리를 만질
수 있기를 빌었다.

찔레에 할머니의 손때가 묻어가던 어느 날, 정신이 맑아지신
할머니는 "내가 못할 짓 많이 했제. 내가 아들을 너무 좋아한 탓에
너와는 멀어졌구나. 고생시켜서 미안하다." 할머니는 어머니의
손을 잡으셨다. 어머니는 그동안 쌓인 서러움에 펑펑 우셨다. 다
음날 할머니는 세상을 떠났다.

할머니가 할아버지를 만나러 가시던 날, 찔레꽃이 핀 액자도 따라갔다.

나는 꽃상여 뒤를 따라가며, 정답던 할머니의 모습이 생각나서 흰 손수건으로 눈을 덮었다. 산길에는 군데군데 찔레꽃이 흐드러지게 피어 있었다.

찔레꽃이 진 자리에는 까치밥이 열린다. 까치가 찔레꽃의 열매를 하도 좋아해서 까치밥이라고 부르는 것이다. 찔레는 꽃을 피워서 보는 이를 즐겁게 하고 열매는 약용으로 쓰인다. 어머니는 항시 어느 곳에 가더라도 그 자리에서 꼭 필요한 사람이 되어야 한다고 이르셨다.

툇마루에 앉아서 찻잔에 찔레꽃을 띄운다. 은은한 향기에 눈을 감는다. 할머니의 냄새가 난다. 찔레를 닮은 여인이고자 자세를 고쳐 앉는다.

봄날의 식객

　모임이 있는 날은 항상 외식을 하게 된다. 그런 날은 아침부터 집에 있는 반찬을 이것저것 꺼내서 챙겨 먹는다. 저녁때의 모임은 적게 먹으면 되지만 점심밥을 밖에서 먹을 때면 아침에는 빵 대신에 꼭 밥을 챙기게 된다. 내 나쁜 버릇 중에서 빼놓을 수 없는 한 가지는 음식점에서 밥을 먹는 것이 썩 달갑지 않다는 것이다. 우선 재료를 믿지 못하겠고 먹은 뒤에 속이 더부룩하거나 조미료 탓인지 심한 갈증을 느끼는 까닭이다.

　아파트를 마다하고 시골에 터를 잡은 것은 먹거리를 생각해서였다. 간장은 밭에 직접 심어서 마련한 콩으로 가마솥에 삼아서 메주를 띄우고 천일염은 이 년 이상 간수를 뺀 신안소금을 생수에 풀어 담궈야 제 맛이 난다. 고추장은 직접 제배한 고추로 가을에 만들어서 일 년 이상 숙성을 시켜야 빛깔과 맛이 좋고 소화가 잘 된다. 된장은 또 어떤가. 볕 잘 드는 곳에 독을 두고 오래 묵힌 것으로 끓인 된장국을 먹어야 속이 편안하다. 젓갈은 남해안멸치를 항아리에 담구고 해를 넘겨야 비린 맛이 없고 고소하다. 어간장은 젓갈을 높은 온도에서 팔팔 끓여 창호지에 걸러서 맑은 장을 만든 뒤에 나물이나 음식의 간을 맞출 때 쓴다.

그렇다고 세 끼니를 다 밥으로 챙겨 먹을 수는 없다. 새큼하게 삭은 열무김치에 국수를 말아 먹어도 개운한 맛을 즐길 수가 있고 갓 올라온 부추를 뜯고 방아잎과 지난여름에 보관한 청량초, 알맹이가 차기 시작하는 양파를 썰어 넣고 조갯살과 섞어 부추전을 부쳐 먹으면 봄의 향기가 입안에 그득하다. 물론 우리 밀을 조금만 넣고 궁굴리듯이 차지게 반죽을 하여 넉넉히 기름을 두른 번철에 구워내야 쫄깃하니 맛있다.

봄에는 온갖 장아찌를 담근다. 머위를 시작으로 두릅, 죽순, 연한 뽕잎까지. 데친 죽순과 재료의 물기를 없애고 지난해에 담근 매실 엑기스와 맛간장, 청주를 끓여 부어서 만든 장아찌는 한 달이 지나고부터는 식탁의 밑반찬 노릇을 톡톡히 한다.

비 오는 날의 아침에는 연한 원두커피와 바삭하게 구운 토스트에 유자잼을 바르고 제철 과일 몇 쪽을 곁들이면 마음이 즐거워지고 빗소리의 리듬과 숲의 생동감을 느낄 수 있다.

시내에 나갈 때는 대부분 도시락을 준비해서 그늘진 나무 밑이나 한적한 곳에서 차창을 열고 점심을 먹는다. 하지만 그 일도 용이한 일이 아니다. 날씨가 더우면 상하기 쉽고 추우면 차가워서 먹지 못하니 대부분 볼일은 오후시간으로 미룬다. 그렇지만 여름날, 냉면이나 구수한 콩국수는 먹을 만하고 겨울에는 장터국밥이나 바지락 칼국수, 김밥도 즐긴다. 메뉴를 잘못 택하면 심한 갈증 탓에 미리 매실엑기스나 발효차를 준비해서 나간다.

내가 만든 음식이 다 맛이 있는 것은 아니다. 단지 믿을 수 있는 것은 재료인데 직접 담그거나 만들고 조미료는 자연재료들, 멸치, 다시마, 버섯 등을 사용한다. 독한 약을 뿌려야 자라는 나물거리는 재배하지 않고 시장에서 사먹지도 않는다. 봄의 조개, 부드러운 한치, 여름의 문어 등으로 냉동실은 늘 복잡하다. 두 식구의 살림이지만 김장김치와 생선, 시래깃국으로 한철을 보내는 겨울을 제외하고는 늘 바쁜 일상이다. 어느 때는 바쁜 게 싫증나서 묵혀둔 발효차 한 잔으로 식사를 대신할 때도 있지만 싱싱하고 잘 삭은 먹거리의 유혹을 떨쳐내기는 싫지 않다.

긴 겨울을 넘기고 따사로운 봄이다. 가까운 친구네와 밥상을 차린다. 비닐하우스에서 자란 들깻잎과 상추, 당귀 잎을 뜯고 매실된장, 홍두깨살의 장조림, 잘 삭은 김치, 갈치조림, 두릅, 오이장아찌, 콩자반, 들깨를 갈아 걸러 넣은 배춧국, 현미찹쌀과 보리쌀, 서리태(검정콩)가 들어간 잡곡밥이다. 단출한 식사를 즐기며 서로의 속내를 드러내고 허물없이 주고받는 정겨운 눈길들이 해맑다.

내일 아침엔 저녁에 따둔 토마토를 뜨거운 물에 구슬려 껍질을 벗겨 주스를 만들고 줄기를 벗긴 호박잎을 쪄서 젓갈 장에 쌈을 싸 먹어야겠다. 오늘 내린 소나기로 말끔히 씻긴 마당에 아침햇살이 부드러운 미소를 지으며 머물 테니까.

먹빛 눈동자

차를 대접하는 봉사활동으로 장애인 복지관을 방문했다. 마당 한켠, 시멘트 담의 좁은 화단에는 키 작은 보라색야생화가 옹송 그리며 피어 있었다. 네 평 정도의 천막을 배당받아 책상을 서너 개 붙여 흰 종이를 덮고 연(蓮)차를 우려내었다. 우리가 손수 만든 녹차(우전)도 끓였다. 주위에는 향초와 자연성분으로 만든 비누, 적은 돈으로도 쉽게 살 수 있는 수공예품을 파는 곳이 네댓 군데 보였다. 팔고 남은 이익금을 복지관에 기부해야하는데 물건을 사는 사람들은 별로 없었다.

점심때가 되자 건물 안의 사람들이 바깥으로 쏟아져 나왔다. 대부분 지체장애자들이었다. 행사장의 임시 급식소에는 기부금으로 장만한 밥이며 반찬을 준비했는데 먹으려는 사람들이 한꺼번에 몰려서 튀김 닭은 금방 동이 나고 사람들이 줄지어 서서 기다렸다. 그네들이 어떤 반응을 보일지 궁금했다. 한데 짜증을 내거나 독촉하는 이 없이 식판을 한쪽에 놓더니 공놀이를 하는 게 아닌가. 조금 지나자 닭튀김이 익었고 준비된 천막 안에 모여서 맛있게 밥을 먹는 사람들의 가라앉은 맑은 눈빛을 보는 내 마음이 착잡해졌다. 육체적인 장애자면 정신적으로도 부족 할 것이라는 선입견을 버려야 했다.

숱한 아픔의 현실을 외면 할 수 없는 자신과의 힘든 싸움에서 정신은 더 맑고 강해진 것일까. 그들의 천진스럽고 순수한 머빛 눈빛을 접하자 저 문 밖, 내가 생활하는 곳의 정상적인 신체를 가진 사람들이 생각났다.

부족한 것 없지만 만족할 줄 모르는 사람들. 육신은 건강하지만 눈에 보이지 않는 정신적인 장애를 겪는 이들이 얼마나 많은가. 생각대로 되지 않는 어설픈 몸짓으로 무엇이든 해보려고 안간힘을 쓰는 저들 앞에서, 부끄러움을 느꼈다. 늘 상대를 탓하며 잘못을 따지는 이기심에 젖어 살지 않았던가. 모든 것을 포용하며 감사하는 마음으로 살아야 한다고 자책하면서도 잘 되지 않는 일이었다.

　모여 있는 방문객들 앞에 부지런히 찻잔을 날랐다. 등에 흐르는 땀이 오히려 개운했고 눈앞의 사람들이 다 소중해보였다.

　시멘트 바닥에도 뿌리를 내리는 야생화처럼 정상인의 생활에 뒤처지지 않으려고 노력하는 장애인들. 그들의 티 없이 맑은 눈망울이 더없이 정겨웠다. 캄보디아의 수상가옥 아래 오롯이 피어 있던 연꽃이 생각나는 하루였다.

겨울바다

물을 주며

　화분에 물을 준다. 메말라 푸석거리던 잎사귀가 금세 생기를 띤다. 바빠서 물주는 시기를 놓쳤더니 목말라 앓고 있었나보다. 상대의 아픔보다 자신의 행동에 대해서 합리화시키려는 이기심에 순간 미안하다는 생각이 든다. 비록 말 못하는 식물이나 동물의 경우라도 조그마한 부주의로 생명을 위협받는 경우라면 책임을 회피할 수는 없는 일 아닌가.

　요즘은 부쩍 아버지 생각이 난다. 전화라도 자주 드려야 되는데 그것마저 잘되지 않는다. 찾아뵙기는 더욱 쉽지가 않다. '멀리 있는 자식은 이웃사촌보다 못하다.'는 말이 그래서 있는 모양이다.

아버지는 삼 년 전 뇌경색으로 쓰러지셨다. 나는 병석에 계신 아버지를 볼 때마다 낯설다. 굽어진 어깨 탓에 키는 작아지셨고 뇌경색의 후유증으로 거동도 서투르시다. 그런 아버지를 뵙고 돌아 설 때면 '혹시 이번이 마지막이 아닐까' 하는 생각에 건강하고 잘생기신 젊은 아버지가 자꾸 겹쳐 보여서 눈앞에 안개가 서린다.

"네 엄마 세상 떠나고, 나도 같이 가려고 했었지만 맘먹은 대로 안 되데. 산 사람은 어떻게든지 사는 모양이다." 엄마의 제삿날 저녁이었다. 사진 속에서 웃고 있는 젊은 엄마를 보며 일흔 중반에 드신 아버지가 힘없이 웃으셨다.

내 나이 두 살을 더 먹으면 엄마가 버리고 간 나이보다 많아진다. 엄마보다 늙은 딸이 되는 것이다. 항상 '불 앞에 앉혀놓은 아이 같다'고 나를 걱정하는 엄마가 짜증스러워서 까탈을 부리며 사나흘씩 입을 꼭 다물고 말을 하지 않았다. 엄마는 얼마나 답답했을까.

가게마다 고운 옷이 걸려 있다. 빛깔 고운 옷을 보면 엄마 생각이 난다. 엄마도 이런 마음으로 내 옷을 사셨을까. 엄마는 옷을 사서 내게 입힐 수 있었지만 나는 엄마에게 옷을 입혀 드릴 수가 없다.

　오늘은 연분홍색 한복 한 벌을 샀다. 엄마 옷이다. 바다가 보이는 산마루에 엄마는 누워있다. 나는 한낮의 더위에 땀을 흘리며 엄마의 발치에 앉았다. 한 줌 향을 불에 붙인다. 나비향의 향기가 우거진 숲속에 안개처럼 흩어진다. 불꽃 위에 엄마의 한복을 얹었다. 바람은 금방 엄마에게 옷을 가져간다. 고운 한복을 입은 엄마가 내 등을 토닥거린다. 푸른 바다를 보며, 나는 한용운의 〈산골 물〉을 생각했다. 산골 물은 모여서 저렇게 바다에서 만나고 있지 않는가. 산골 물처럼 흘러서 가면 언젠가는 나도 엄마를 만날 수 있을 것이다.

　내가 중학교 2학년 때였다.

　"우리 음악회에 가자." 학교에서 대청소를 끝내고 미애가 속삭였다. '봄맞이 음악회'에는 남학생들도 많았다. 미애와 나는 한껏 가슴을 내밀고 '봄처녀'라도 된 듯 상기된 뺨으로 음악회를 끝까지 보았다. 밖은 벌써 저녁때가 되어 어둑하였다. 마음이 급해진 나는 종종걸음으로 집으로 갔다. '허락도 받지 않고 남학생도 모인 음악회에 가다니, 맘대로 하는 딸년을 집안에 둘 수 없다.'며 엄마는 나를 대문 밖으로 내쫓았다. 대문 밖 섬돌에 쪼그리고 앉아서, 나는 아버지가 오실 때를 기다렸다.

아버지의 걸음걸이는 언제나 경쾌하다. 나는 쫓아가서 아버지의 팔에 매달렸다. 아버지 뒤에 바싹 붙은 내가 들어서자 엄마는 나를 향해 주먹총을 놓았다. "친구하고 음악회도 한 번씩 가서 머리를 식혀야 공부가 잘되지 책만 들여다본다고 공부가 다 되나." 아버지가 껄껄 웃으셨다.

꿈이 있던 어린 시절로 타임머신을 타고 돌아가고 싶다. 생시처럼 어머니에게 달려가고 싶다. 엄마의 무릎에 얼굴을 묻으면, '작년 가을 엄마하고 외갓집 갈 때, 방울 달린 마~차에 흔들리면서 꽃피는 산골, 흐르는 시내~, 끄떡끄떡 다녀왔어요ㅡ.'

내 등을 쓸어주며 엄마는 자장가를 불러 줄 것이다.

물은 흐르지만은 않는다. 깨끗한 한 방울의 물은 영롱한 이슬로 맺혀 생명으로 살아난다. 아버지가 예전처럼 건강해질 수는 없을까. 아버지의 젊음이 오롯이 핀 가을국화처럼 향기로운 꽃으로 되돌릴 수 있다면 나는 그 꽃에 뿌려지는 물이 되어도 좋으리라.

갈등

해거름 녘의 바다는 달콤한 와인 맛처럼 감미롭다. 속내를 다 드러내고 햇빛과 노닥거리던 갯벌이 물색 쓰개치마로 얼굴을 가린다. 밀물이 이끼 낀 바위 방파제에 찰싹대며 흰 물보라를 일으킨다.

같은 아파트에 살면서 형제처럼 지내다가 다른 곳으로 이사 간 친구내외를 오랜만에 만나 바닷가를 찾았다. 횟집에서 저녁을 시켜놓고 우리는 방죽을 거닐었다.

"갈등(葛藤)이란 말이 왜 생겼냐하면요. 칡줄기는 오른쪽에서 감고 등줄기는 왼쪽에서 감아 서로 꼬인다는 뜻이에요. 매사가 꼬인다는 것이지요."

"같은 식물끼리 서로 꼬인다는 것은 화합을 뜻하는 게 아닐까요?"

친구 남편의 말에 웃으며 말했다. 친구의 생일을 축하하는 술잔을 부딪치면서도 내 머릿속에는 칡과 등에 대한 생각으로 가득 차있었다. 돌아오는 차 안에서 내일 당장 시골집에 가서 확인해야겠다고 마음속으로 다짐했다.

봄이면 뒷산에서 뻗어내려 온 칡넝쿨이 줄기 끝을 코브라처럼 세워 무엇이든지 휘감으려고 안달을 부렸다. 야들한 연둣빛 줄기를 손으로 잡아보았다. 보송한 솜털이 난 새순이 아기손처럼 부드럽다. 칡넝쿨줄기는 잘 세팅된 여인의 긴 머리카락처럼 옆의 감나무가지를 오른쪽으로 휘감고 있었다.

등나무는 메마른 줄기보다 화려한 자태로 유혹하는 꽃이 더 매력적이다. 여름의 한낮, 더위에 지쳐 헉헉대며 길을 가다가 담장 밖으로 흐드러진 등꽃을 보면 시원한 물 한 잔을 마신 듯 마음이 상쾌해진다. 사랑에 취한 것 같은 황홀한 모습에서 꽃말 또한 그렇게 지었으리라.

사람들은 하는 일이 잘 안될 때 '꼬인다'는 말을 쓴다. 칡과 등줄기의 성질을 말하는 게 아니라 칡과 등줄기에 감겨 잘 자라지 못하고 심지어 생명을 잃기도 하는 다른 식물들의 운명을 뜻하는 말일 것이다. 등꽃의 꽃말이 '환영'과 '사랑에 취함'이라면 같은 성질인 칡꽃도 자기도취적인 뜻으로 지어져야 될 것인데 '사랑의 한숨'이라니 참 아이러니한 일이다.

감는 것과 감기는 것은 사람들의 생활 속에서도 생긴다. 그것이 갈등이다. 서로의 뜻이 다른 것에서 파생되는 정신적인 고통이다. 사람들 중에서 상대를 감아 숨을 조이는 습성을 가진 사람들이 있다. 미리 알 수만 있다면 그로 인해 상처받는 일은 피할 수 있을 것인데 그런 사람일수록 속내를 숨긴 채 더 다정하게 다가온다.

지난겨울까지만 하더라도 사람을 분별해서 대하는 것은 나쁜 버릇이라고 생각했다. 나와 견해를 달리하는 사람은 어쩔 수 없다하더라도 신분이나 생긴 모양으로 상대를 평가하는 것은 안 된다고, 어려운 여건 속에서도 착하게 살려고 노력하는 사람들이 대부분이라고 생각했다.

안으로 날카로운 발톱을 숨기고 웃는 얼굴로 접근하는 사람들. 그들을 믿은 것이 자신도 모르는 채 회오리바람에 말려 들어갔다. 상대를 속이고 원하는 것을 쟁취하며 세상을 너무 쉽게 살려고 하는 사람들이 있었음을 미처 몰랐던 것이다. 계획적으로 접근해서 이용하려는 것을 알아채고 나는 뒤미처 마음을 접었지만,

그들을 너무 믿었던 친구가 걸려들었다. 단단한 거미줄에 걸려 바동대는 새끼잠자리처럼 괴로워하는 친구를 보는 마음은 안타깝기 그지없었다. 내가 도울 수 있는 길을 찾아보았으나 내 능력의 한계를 느꼈을 뿐이었다.

그 후, 내겐 나쁜 습관이 생겼다. 활짝 핀 꽃을 보고 아름답게만 보던 것을 '저 꽃이 조화는 아닐까?' '꽃술이 상하고 독이 있지는 않을까' 하는 노파심이 먼저 작용한다. 처음 접하는 모든 사람들을 경계하게 된 것이다. 나를 해칠 수도 있다는 '피해망상증'에서 벗어나지 못하고 몇 달을 그렇게 허우적거렸다.

지팡이의 재료로 쓰기에 등나무가 좋다고 한다. 갈등으로 생긴 상처로 인해 쓰러지지 말고 다시 일어나라는 위안이 아니겠는가. '욕심의 싹을 잘라내지 않으면 근심에서 벗어나지 못한다'는 것을 잘 알면서도 뜻대로 못할 때가 많다. 그래서 마음의 상처가 생기고 아픔을 겪는다. 그런 후면 좀 더 밝은 눈으로 세상을 보게 되는 것 같다.

아무리 사랑하는 나무라도 그 아래에서는 나무 전체의 아름다움을 알지 못한다고 하였다. 저만치 키 큰 나무를 본다. 햇빛에 몸을 맡긴 나뭇잎들이 춤추듯 자유스럽다.

호수는 잠들지 않는다

자욱했던 새벽의 물안개가 따사롭게 퍼지는 햇살에 밀려 바삐 자취를 감춘다. 언제 그런 서러움의 는개를 토했나 싶게 매끈한 매무새로 단장하여 호수는 햇빛에 반짝인다.

물결의 흔들림과 색깔, 날아드는 철새들로 쉴 새 없이 변화를 거듭하는 호수는 보는 이의 마음을 편안하게 해 준다. 호숫가에 앉아서 잔잔히 밀려오는 물결을 보노라면 시간이 정지되는 듯하다. 쏟아지는 햇살과 물속에 발을 담군 나무들, 그 사이로 술래잡기하듯이 흩어지는 물오리 떼들이 그림 속의 풍경 같다. 그 속의 나는 어떤 영상일까. 내가 있어 그림 속의 풍경이 더 아름다웠으면 하는 바람은 욕심일까.

진양호반의 물은 산청 쪽의 경호강과 덕산을 거쳐 흐르는 덕천 강의 두 갈래로 나뉜다. 육안으로 보기에는 한 호수의 물이지만 성분은 다르고 섞이지 않는다고 한다. 잘 어울려 있지만 각기 다 른 성향으로 사회를 구성하고 있는 인간사회와 같은 것이다. 그 래서 잔잔히 흐르는 강물을 보며 사람들은 순리(順理)를 생각하는 것이리라.

－ 봄

　하느작거리는 물결이 젖은 명주 한 필을 풀어 헤친 것 같다. 호숫가 드라이브 코스를 바쁘게 오가는 이들에게 여유로움을 뽐 낸다. 수채화 물감을 풀어 낸 듯이 산 그림자가 길게 누워있다. 잔잔한 수면 위에 발레리나가 맴을 돌며 춤을 출 것 같은 환상에 빠진다. 사춘기 때, 할아버지께서 선물하신 차이코프스키 〈백조 의 호수〉의 음률에 맞춰 자석이 붙은 유리 위에서 맴을 돌던 작은 인형이 든 보석상자가 생각나서일까. 아롱거리는 아지랑이가 연 둣빛 잎사귀 틈에서 빛난다.

　푸근함 속에서 〈다뉴브 강의 잔물결〉의 음악소리가 들리는 것 같아 즐거워진다. 길게 늘어뜨린 강변의 수양버들이 연둣빛 새순을 틔우고 둥지를 틀어 새끼를 낳으려는 어미 새들이 분주하다. 호수 가운데가 거울처럼 매끈하다. 본래 깊은 곳은 흔들림이 적은 탓인가. 뽀오얀 물안개가 피어오르고 호수는 꿈에 잠긴 듯이 고요하다.

가로수의 벚꽃이 환하게 피었다가 빗줄기를 타고 눈처럼 지고 말았다. 조금은 더디 가는 것 같던 청춘의 시기일 때는 모든 일에 슬픔과 기쁨의 기복이 심하였다. 조용해서 좀 능청스러워 보이는 저 호수도 마치 청춘과 같아서 순식간에 표정을 바꾼다. 아카시아꽃향기에 취해 여유로워 보이는 호수가 한가롭다.

－ 여름

장마를 시작으로 불어난 싯누런 황톳물로 호수의 물이 넘칠 것 같다. 산속의 계곡에서부터 쏟아져 내려온 쓰레기들로 몸살을 앓는다. 식수로 쓰이는 물이니 내가 버린 쓰레기가 섞인 물을 결국 자신이 먹게 되는 것이다.

밀려오는 물줄기에 쓰레기들은 호숫가로 밀려 나가고 더위를 식히려고 찾아드는 모든 이들을 회색 물빛으로 담담이 받아들인다. 물속의 수초 속에는 온갖 생명체들이 그들 나름의 삶을 영위

하고 푸르게 우거진 호숫가의 나무그늘은 지나는 이들의 좋은 쉼터가 된다.

종달새 새끼들의 부산함과 청아한 새소리가 울리지만 호수에 무겁게 내려앉은 회색빛 하늘이 안쓰럽다. 하지만 호수를 보는 것만으로도 시원함을 느끼는 칠월이다.

– 가을

높이 나는 새처럼/ 그리움을 소리로 낼 때가 있었죠./ 이제는 가슴속에 앙금으로 남아/ 서러움에 싸여 온 몸으로 앓고는 합니다.

호수의 주변은 조용하다. 간혹 잦아들 듯이 들리는 철새들의 울음소리조차 적막의 벽을 두드리며 흩어져 버린다. 누가 타던 배일까. 작은 쪽배가 풀숲에 밀려있다.

가을이면 나는 빈 배를 타고 싶다. 억새풀 우거진 호숫가에 머물다가 시들어 바스락거리는 풀잎들의 노랫소리에 귀 기울이며 짙푸른 물속의 내 그림자에 취해서 점점이 이슬로 흩어져도 좋겠다. 다행히 좋은 친구 있으면 쓸쓸한 바람소리와 찰랑대는 물소리를 벗 삼아 밤새워 이야기를 나누면 좀 좋을까. 무거운 짐을

다 내려놓고 빈 배에 홀로 앉아서 출렁대는 물결에 몸을 맡기고 이리저리 흔들리며 가을 속에 안주하고 싶다.

– 겨울

거울처럼 매끄러운 호수 위에 청둥오리들이 나래를 펼치며 줄지어 다닌다. 잔물결의 은하수 같은 윤슬에 눈이 부시다. 겨울바다와는 확연이 다른 잔잔함이 오히려 슬프다. 밤새 뿜어내던 그 한스러운 는개는 어디로 간 것일까.

칼바람이 부는 추운 겨울 호수를 나는 사랑한다. 물갈퀴를 일으키며 아우성치는 호수의 차가움은 따뜻함을 숨긴 이지적인 여인의 차가운 눈매를 연상시키기 때문이다. 그 차고 매서운 바람을 맞으면 쓸데없이 끓어오르던 온갖 정염의 팔딱거림이 차분해져서 고즈넉하고 차가운 달빛처럼 마음이 가라앉는다. 온 몸의 차가움에 이성의 눈이 뜨이고 사물을 냉철하게 판단할 수 있는 여유가 생긴다.

해질녘의 호수는 본연의 모습으로 돌아온다. 산그늘을 바람에 흔들리운 채 주홍빛 물결이 노을을 끌어안는다.

물은 화합을 의미하는 것 같다. 성호강의 물줄기는 세찬 바람을 일으키며 마치 천군만마가 달려오듯이 흰 갈퀴를 세우며 힘차게 흐른다. 그에 비하면 덕천강은 아무리 추운 날씨라도 찰랑거리며 잔잔히 흘러서 경호강이 남성이라면 덕천강은 얌전한 여인이랄까. 이렇게 성질이 다른 강물이 모여서 서로 다독거리며 진양호를 이룬다. 그곳엔 물오리가 돛단배처럼 떠다니고 외로움에 지친 왜가리가 긴 목을 주억거리며 갈대숲 사이를 서성인다. 호수는 뭇 생명체의 서식지이지만 때로는 외로움을 달래는 이방인들의 안식처가 되기도 한다.

해가 기울고 별빛 나오기 전, 하얗게 질린 호수 빛깔을 보며 먹먹해지는 가슴을 달랜다. 달무리 지는 밤이면 서리서리 맺힌 한을 하얗게 뿜어내어 조용해진 길을 덮고 산을 넘어 밝은 가로등 켜진 시가지까지 뿌옇게 덮어버린다.

잠들지 않으며 쉴 새 없이 변화되는 과정에서 자신을 정화시켜가는 호수 앞에서 가만히 옷깃을 여민다.

겨울바다

하얗게 물에 씻기어진 소라 껍데기가 모래 속에 반쯤 묻혀있다. 파도가 지나간 자리는 잘 다림질된 실크블라우스처럼 매끈하다. 그 위에 내 발자국이 종종종 걸어온다. 파도가 밀려와 금방 발자국을 지우며 저만치 달아난다. 술래잡기하는 아이들처럼….

내 나이 어느새 사십 중반을 넘어섰지만, 보름달이 떠있는 바다가 보고 싶어서 종종 몸살을 앓는다. 해질 녘 실안을 끼고 도는 해안도로를 따라 돌다가 대방으로 접어들면, 성난 용의 눈동자 같은 태양이 떠 있다. 노을이 뜨고, 바다는 붉게 끓어오른다. 팔뚝만한 숭어들은 높게 뛰어 올라 지는 해를 배웅한다. 내 마음은 학이 되어 붉은 바다 위를 날아간다. 가슴속의 열정을 식히고 싶은 것이다.

해풍에 갯내음이 실려 온다. 가슴이 터질 만큼 바람을 들이마신다. 도시의 먼지를 말끔히 씻어낸다.

마주 보이는 푸른 산언저리에는 편히 잠든 엄마가 있다. 불타는 노을이 얼마나 좋기에, 엄마는 일찍 저 곳에 누워 있을까? 엄마와 함께 구름다리 같은 연육교 난간에 기대어 못 다한 이야기를 나누고 싶다. 두 손을 잡고 한바탕 춤도 추고 싶다.

붉은 노을이 깔린 바다 위로 작은 배 한 척이 지나간다. 이토록 아름다운 정경을 화폭에 담을 수 있는 화가는 얼마나 행복할까. 나는 가슴속 한켠에 그림을 그려 넣는다.

나는 바다가 보이는 삼천포에서 자랐다.

내가 스무 살 때, 어머니가 정해놓은 나의 통금 시간은 저녁 아홉시였다. 그 해가 저물 무렵, 우리가 미리 짜 놓은 계획대로 그 날은 친구들이 집에까지 데리러왔다. 음식 솜씨가 좋으셨던 어머니는 친구들이 왔다고 맛있는 음식을 만드셨다. 친구들은 세상에서 제일 맛있는 저녁을 먹었다고 아양을 떨며 설거지를 하고, 큰방에 계신 부모님께 쌍화차를 타서 드렸다. 친구들 중에서 어머니가 유난히 좋아하시는 승희가 졸라서 열한시까지 들어와도 된다는 허락을 받아 냈다. "다녀오겠습니다." 나는 크게 외치며 집을 나섰다. 음악 소리가 시끄럽고 복잡하여 앉을 자리도 마땅찮은 음악찻집에서 향긋한 컴프리 차를 마셨다. 시간이 지날수록 답답했다. 우리는 찻집을 나와서 노산 공원을 거닐었다. 겨울 나무 사이로 별빛이 흘렀다. 깜박거리는 등대 불은 검은 바다에 햇무리를 쏘아 올리고 있었다.

"우리 남일대 해수욕장 가자." 내가 말했다. 친구들은 눈을 동그랗게 떴다. "지금이 몇 신데 차가 없잖아?" 저녁 여덟시면 차편이 끊어지는데, 벌써 열시였다. 걸어서 가면 사오십 분은 족히 걸어야 된다. 모두 멋 부린다고 높은 신발을 신었기 때문에 더 망설이는 눈치였다. "그래 가보자 여기 보다는 낫겠다." '박사'라는 별명을 가진 승희가 돌아섰다. "오늘 저녁에 멋있는 추억을 만들자." 멋쟁이 인희와 내숭쟁이 옥련도 따라 나섰고, 까불이 숙자는 벌써 가고 있었다.

바닷바람은 코끝이 찡-할 만큼 매서웠다. 찻집에서 볼이 딸각시 같았던 우리는 서로 상대방의 외투 속에 손을 집어넣으며 깔깔거렸다. 해수욕장으로 질러가려면 마을 몇 개를 지나고 큰 산을 하나 넘어야 한다.

산에서는 부엉이가 울었다. 낭떠러지 아래, 쌍둥이 형제 무덤을 지날 때는 목을 움츠린 채 아무도 말이 없었다. 서로 눈을 마주치며 "우리도 참 한심하제, 이럴 때 보디가드 해줄 사람하나 만들어 놓지도 못하고." 그러자 인희가 큰 소리 쳤다. "걱정 말거라. 내가 너것들 꺼 까지 하나씩 데리고 올낀께."

나는 나막신처럼 앞이 뭉툭한 굽 높은 구두를 신고, 종아리까지 오는 주름 스커트를 입었지만, 인희는 미니스커트에 검정 스타킹을 신고, 긴 부츠 차림이었다. 망년회라고 한껏 멋을 냈던 것이다. 스타킹만 신은 다리에 감각이 없다며 너도나도 우는 소리를 내었다. 한참을 종종 걸음으로 걸었다. 땀이 나기 시작하였다. 머플러도 벗고, 모자도 벗었다. 그때였다. "아!" 숙자가 탄성을 질렀다. 신항산 위에서 소나무 가지 사이로 내려다 본 바다가 금빛으로 출렁 거렸다. 나는 숨이 멎는 것 같았다. 아름답기 남해에서 제일이라고 남일대(南逸台)라 찬탄 하셨다는데 최치원 선생님도 저걸 봤을까.

둥근 달은 먹빛 하늘에 걸려 있고, 별들은 은조각을 흩뿌려 놓은 것처럼 반짝거렸다. 파도는 바위에 부딪쳐 하아얀 포말을 이룬다. 잠시 넋을 잃고 있던 우리는 계단을 뛰어 내려갔다.

달빛이 모래와 놀고 있었다. 우리는 파도 소리에 맞추어 요한슈

트라우스의 '도나우의 아름다운 소녀들'이 된 것처럼 신나게 왈츠를 추었다. 연인들처럼 서로 팔을 끼고 목청껏 노래도 불렀다.

"오! 행복한 아침/밝은 햇살 비취네/ 높은 저 산과 같이 잠든 바다처럼/ 그대 나에게 사랑을 바친다면/ 나는 그대를 위해 생명 바치리라/ 그대를 위해 나는 살아가리라/ 내 가슴속에 그대 사랑을…."

마음은 솜털 구름처럼 붕 떠올라서 밤이라도 지새울 것 같았다. 우리들의 노랫소리가 멀리 수평선까지 퍼져 나갔다. 얼마만큼 시간이 지났는지도 몰랐다. 파도를 보며 노래를 부르고 섰는 내 어깨에 딱딱한 금속성이 느껴졌다. "장난치지 마라. 분위기 깬다." 어깨를 흔들며 노래를 계속 불렀다. "손들어!" 남자의 큰 소리에 나는 까무러칠 뻔했다. 총구가 눈앞에 있고 군인 세 명이 있었다.

인기척을 먼저 알아챈 숙자와 옥련은 벌벌 떨며 서 있었다. 총구에 쫓겨 우리는 초소로 끌려갔다. 바위틈을 굴처럼 만든 초소에는 간단한 취사도구와 여남은 명의 군인이 있었다. 한 사람씩 조사를 받았다. 내 차례가 되었다. 용기를 내었다. 그 중에서 선임자인 듯한 병사가 가족 사항을 물었다.

"니가 민영이 동생이가, 그 새끼 여동생이 있으면서 말도 안 했네." 하더니 반쯤 얼이 빠진 우리에게 따뜻한 물을 권했다. 내 오빠와는 친구사이라고 했다.

"지금은 이 지역에 비상 경계령이 내렸거든, 무장공비가 남해 안에 나타나서 저녁에는 무조건 잡아간다. 여자들이고 신분이 확실하니까 내가 책임지고 보내주는데 큰길에는 나가지 말고 산길로만 가야 된다이."

친절하게 일러주는 오빠 친구에게 몇 번이나 고개를 숙이며 고맙다는 인사를 하고 나왔다.

정신을 차린 나는 시계를 보았다. 열두시 반이었다. 어머니의 얼굴이 떠올랐다. 어떻게 집으로 가느냐가 문제였다. 산길을 따라서 집으로 가면 아무래도 새벽 한시가 훨씬 넘을 것이다.

비밀 임무를 띤 군인들처럼, 산 속 오솔길을 걸으며 큰길 쪽을 내려다보았다. 군인들이 길을 막아놓고 검문을 하고 있었다. 우리는 반쯤 울먹이면서 개울물도 그냥 질퍽질퍽 건너는 통에 신발이 다 젖었다. 얼음이 버석거리는 냇물이 차갑지도 않았다. 가로등 밝은 시내 입구에까지 와서 우리는 파김치가 되어 헤어졌다.

밤늦게 다녀 본적이 없는 나는 땅바닥에 발이 닿는 것 같지도 않았다. 눈을 내리 깔고 집 앞까지 왔다. 손으로 나무대문을 살그머니 밀어 보았다. 꼼짝도 하지 않는다. 빗장이 걸렸다. 대문과 나란히 붙은 사랑채의 안쪽처마에는 불이 켜져 있었다. 나무문 틈새에 한쪽 눈을 대고 집안의 동정을 살폈다. 마당의 화단에 있는 사철나무 잎사귀 사이로 무언가가 보였다. 어머니가 대청마루에 꼿꼿이 앉아있었다. 나를 기다리고 있음이 틀림없었다. 나도 모르게 눈물이 나왔다. 주먹으로 눈물을 훔치고는 대문의 쇠고리를 탁탁 쳤다. 한달음에 달려 나와 문을 열어주는 어머니의 얼굴을 살짝 쳐다보았다. 어머니는 반가움을 감추며 "지금은 한 밤이라 동네 부끄러워서 안 되겠고 내일 아침에 보자." 하시고는 방으로 들어가셨다. 나는 젖은 발을 들키지 않은 것을 다행으로 여기며 내방으로 살금살금 들어갔다. 따뜻한 아랫목에 다리를 뻗으며 휴우-한숨을 내쉬었다.

바다가 보이던 동네는 새로운 집들이 들어서고 어릴 적 미역 감던 냇물에는 다리가 놓였다. 우리의 짝을 데려온다던 인희는 멋진 짝을 찾느라고 그랬는지 스물 넷 아리따운 나이에 저 세상으로 갔다. 인희가 만들어 주지 않아도 우리는 짝을 만나 가정을 이루었다. 지금은 흩어져 살며 만날 수 없지만 금빛추억은 내 가슴속에 영원히 지워지지 않는 별이 되었다.

　황금빛 바다에는 추억이 있다. 살랑대는 속삭임이 있다. 그리운 영상들이 일렁이는 파도에 묻혀 있다. 맑고 푸른 삼천포 앞쪽빛바다는 사랑하는 연인이며, 붉게 타는 노을은 내 그리움의 어머니이다.

잉크젯복합기와 아버지

사그락거리며 프린트기에서 종이가 밀려나온다. 힘들여 쓴 조각글들이 한 편의 작품으로 탄생하는 순간이기도 하다. 체험에서 느낀 감정이나 사고의 편린들이 하나의 형상으로 자리하며 백지를 빼곡히 채운다.

뒤집어보니 글자가 보이지 않는다. 며칠 전까지 잘되던 프린트기에 잉크가 떨어졌나보다. 십 년을 훨씬 넘긴 연식 때문에 어렵사리 잉크를 주문하여 끼웠지만 마찬가지다. 그래도 사각거리는 소리가 정겨워 또 버튼을 누른다. 백지로 나오는 종이를 안타깝게 뒤집어본다.

프린트기가 없어서 그러는 것은 아니다. 선물로 받은 레이저복

합기를 보자기에 싸서 사랑채 구석에 둔 지 몇 달이 되었다. 삐걱거리는 구닥다리 잉크젯복합기를 사용하는 것이 이해되지 않는 듯이 그이는 고개를 흔든다. 팩스기의 뚜껑도 딸각거려서 벌써 버리라는 것을 애써 붙들고 있는 것이 못마땅해서였다. 어쩔 수 없이 새 레이저프린트기를 연결했더니 술술 잘 밀려 나온다.

아버지의 인쇄소에서는 찰카닥거리며 기계가 돌아갔다. 사방에 채워진 활자들로 공장 안은 침침했다. 좁은 나무칸막이에 촘촘히 박혀 있는 활자를 찾을 때는 군데마다 달려있는 백열등 줄을 당겨 비추고 집게로 활자를 집어내었다. 흰 와이셔츠를 즐겨 입으시던 아버지가 고무 밴드로 소매를 걷고 높은 곳의 활자를 꺼내려 사다리에 오르셔서 직원들에게 일을 시키던 모습이 지금도 눈에 선하다. 해가 진 뒤에 피어있는 하얀 박꽃을 볼 때면 아버지의 깔끔했던 흰 셔츠가 떠오른다.

간혹 용돈이 궁하거나 친구들과의 모임이 있을 때면 극장 옆의 인쇄소에 들렀다. 유리창 너머에서 안을 조심스레 들여다보면 아버지는 금방 알아채고 손짓을 하셨다. 머뭇거리며 용돈이 필요한 사유를 말하면 빙그레 웃으시며 뜸을 들였고 짜증을 내며 발을 타닥거리고 돌아서면 그때서야 돈을 손에 쥐어주셨다. 애태우며 기다릴 어머니 걱정에 빨리 집에 들어가라고 이르는 소리와 직원들의 놀림에 창피하여 후다닥 달려 나오곤 했던 일들이 기억 저편에 여운으로 있다.

아버지는 집안에서 아주 엄격하셔서 식사 때의 흐트러진 행동이나 잘못된 걸음걸이도 나무라셨고 운동화 뒤축을 꼽쳐서 신는 것을 몹시 싫어하셨다. 하지만 여동생과 내가 잠든 모기장 안에 촛불을 밝히고는 밤늦게까지 모기를 잡고 물리거나 다친 데에는 호호 약을 발라주던 자상함도 있으셨다.

컴퓨터에 밀려 난 인쇄기를 친구같이 소일거리 삼아 일흔 중반까지 일하시다가 무리한 탓에 뇌경색을 앓으신 아버지. 인쇄된 종이를 가지런히 받아넘기던 찰카닥거리는 기계소리를 들을 수 없게 되고 매일 손으로 만지던 그 많은 활자들과의 이별은 어떤 심정이셨을까. 손때 묻은 기계들은 아버지의 젊음과 수많은 애환이 묻혀있는 동반자였을 것이다. 그런 덕에 소문이 날 정도로 금슬이 좋았던 어머니와의 이른 사별도 견뎌 내셨으리라. 잠 못 들고 상심에 빠지시던 그때, 좀 더 살갑게 위로해 드릴 것을. 이제는 후회해도 소용없는 일이다.

낡았지만 잉크젯프린트기의 사각거리는 소리가 정겨워 버리지 못하는 것은 아마도 어릴 적, 젊고 잘생기신 아버지 앞에서 치맛자락 나풀거렸던 예쁜 딸이었던 기억과 그리운 아버지에 대한 생각이 옅어질까봐 두려웠던 것은 아니었을까. 이제 아버지는 가셨고 능금빛 볼을 가졌던 딸도 팔자주름이 패었지만 신나게 돌아가던 인쇄기와 아버지의 즐거운 웃음소리는 아직도 귓전에서 맴돈다.

아무리 나이가 들어도 자식들을 보면 왠지 어설프고 내가 보호자란 책임에서 벗어날 수 없듯이 팔순 중반에 돌아가실 때까지 우리들 걱정으로 애태우시던 아버지. 그래서인지 항상 곁에 계시는 것 같다.

달빛이 고와서 테라스에 나와 서성인다. 쌀랑하다. '네, 옷 입을게요.' 담장의 박꽃이 환히 웃는다.

연기 나는 마을

솔내음 가득한 마을이 정겹다. 산그늘이 지기도 전에 온 동네가 뿌연 비밀스러움에 싸인다. 집이 높아 마루에 서면 구름위에 있는 듯하다.

이웃집들의 지붕 위로 안개 같이 뒤섞인 연기는 서로 어울려 살아가는 그네들 모습과 같다.

비워둔 시댁에 이사를 오면서 기름보일러와 나무보일러를 같이 놓았다. 동네를 병풍처럼 둘러싸고 있는 산의 잡목을 정리하기 위해서라도 나무보일러는 꼭 필요할 것 같았다. 옛날, 군불 때는 정도라고 생각했던 땔감은 날씨가 추워지자 엄청난 양의 통나무를 보일러의 커다란 원통에 집어넣어야했다. 마른가지는 불

쏘시개밖에 안되고 생나무를 쟁여 넣어야 새벽까지 집안을 따뜻하게 할 수 있었다.

남편은 십몇 년 묵혀 두었던 집 뒤의 대밭을 정리하고 참나무, 아카시아 등의 잡목들을 잘라다 보일러에 넣었다. 자잘한 잡목에 치었던 집 뒤의 소나무들이 활개를 펴고 산책할 수 있는 산속 오솔길도 다듬었다.

나무들이 난방을 위한 땔감으로 보이고. 참나무로 표고버섯을 배양하는 것도 알게 되었다. 마을사람들의 땔감은 대부분 뒷산에서 충당하였고 지금도 산속 곳곳에 나뭇단을 쌓아놓고 쓰는 것을 본다. 옛날에는 집안에 일이 생기면 이웃끼리 몸을 아끼지 않고 해 주었지만 요즘은 그런 것도 없어졌다. 집집마다 참나무를 배어다 겹으로 세워서 포자를 넣어 버섯을 키우는데 정작 우리 집만 없으니 좀 서운하다.

마을사람들과 사이좋게 잘 지내야한다는 애초의 계획이 반은 성공한 것 같다. 이사 온지 일 년쯤 되자 그들과 정이 들고 내외를 하던 옛날과 달리 화목하게 지내고 싶었다. 텃밭을 일구는데도 많은 도움을 받았다.

매서운 추위였지만 삼동을 잘 넘긴 동네어귀의 아름드리 버드

나무 가지에 녹두빛 새순이 돋아나고 감나무 가지엔 동절기에 소원했던 참새 떼가 "짹짹"거리며 포르릉 댄다. 지난겨울을 별 탈 없이 모두 잘 넘겼으니 얼마나 다행한 일인가. 구별 짓지 않고 바람에 뒤섞이는 연기처럼 그들과 더불어 화목하게 살아보리라.

새벽의 염원

축(丑)시다. 잠에 취한 몸을 겨우 일으켜 찬물에 얼굴을 씻는다. 혹 다른 이의 잠을 깨울세라 조심스레 방문을 연다. 넓은 절 도량엔 줄지어 걸린 팔각등이 나붓이 춤을 춘다.

모두가 잠든 산사에 어둠을 깨며 시간 속을 걷는다. 몽롱한 머릿속이 오월의 은은한 꽃향기에 상큼해진다. 미처 손전등을 챙기지 못해 휴대폰을 열고 바닥을 비춘다. 내가 있는 암자에서 큰절의 새벽기도에 동참하려면 좁은 언덕길과 계단을 올라가야 한다. 이 깊은 산중에 혼자 있어도 두렵지 않은 것은 어떤 이유일까.

계단을 디디는 발걸음마다 내 안에 들어 있던 돌덩이들을 하나씩 내려놓는다. 먼저 잊기를 시작하고 생각을 버려야 한다. 자꾸

비워내야 맑아지는 심성 탓이다. 움켜쥐고 채워 넣는 일상생활의 역행이라 쉽지가 않다. 긴 시간이 아니라도 좋다. 한 찰나에라도 마음이 텅 비어서 깃털보다 몸이 가벼워진다면 해볼 일이다.

아직도 아무런 인기척이 없다. 종이등의 부딪침만이 적막을 깨운다. 법당 주위를 세 번 돌며 내가 알게 모르게 지은 죄업을 참회하고 돌계단에 앉는다. 옆의 사자석등이 정겹다. 연등에 달린 주렴이 추르르 흔들린다. 바람이 먼저일까 등의 흔들림이 먼저인가를 생각하다가 까무룩, 눈을 감는다. 들숨과 날숨을 헤아리다가 나도 어느새 연등이 되어 흔들린다.

인(寅)시다. 저 멀리 쪽문에 그림자 하나가 어른거린다. 이제부터 많은 사람들이 모여 들겠지. 잠잘 시간에 깨어 있고 싶은 사람들, 채우기보다는 비워서 가벼워지고 싶은 그들이 왠지 낯설지 않다. 널따란 법당이 금세 사람들로 꽉 차고 청아하고 우렁찬 염불소리와 낙숫물 떨어지듯 경쾌한 목탁소리가 영혼을 두드린다. 매일이 욕심과 자만심에 젖어 살더라도 사월 초파일, 하루라도 시간을 내어 마음의 때를 닦아 낼 수 있음은 얼마나 다행한 일인가.

흩어져가는 사람들의 발길에는 아직도 어둠이 담겨있다. 그 발길마다 삶의 어둠을 헤치는 지혜로움 있기를 염원한다. 남을 비난하지 말며 비교하여 저울질 하지 않고 타인의 기쁨을 진정으로 기뻐해 주는, 항시 고요한 샘처럼 마음이 잔잔한 사람이 되고 싶다. 망상과 허욕이 들어차는 마음 한 자리에 신선한 공기와 푸르름을 간직한 올곧은 소나무 한 그루 심는다.

낡은 분홍신

　피아니스트가 열정적인 손놀림으로 피아노 건반을 두드리듯이, 아스팔트로 포장된 도로 위에 봄비가 내린다. 한동안 부산했던 가게가 조용해지고 내 마음도 비에 젖는다. 돌아올 수 있는 이의 기다림보다 떠난 이들에 대한 그리움이 한층 간절해지는 것은 촉촉이 젖어드는 비의 속성 때문인가 보다.

　빗물을 찰박거리며 바삐 걸어가는 사람들. 우산에 가려져 얼굴은 볼 수 없지만 신발의 표정만은 다 다르다. 또닥거리는 하이힐, 불어터진 밤색 남자구두, 낡은 운동화…. 문득 내 분홍색 단화를 내려다본다.

　서울 남부 터미널을 빠져나와 지하도로 내려가는 길이었다. 길가에서 이국적인 문양을 수놓은 신발들을 팔고 있었다. 눈앞에는 응급실에서 신음하고 있을 오빠의 모습이 아른거렸지만 발레슈즈 같은 연분홍 단화에 정신을 뺏기고 말았다. 급히 비닐종이에 둘둘 말은 신발을 가방 밑에 쑤셔 넣고는 지하철을 탔다. 마음 한편엔 '네가 그럴 수가 있니? 오빠가 어떤 상황인지도 모르는데 신발이 눈에 들어오나?' 혼자서 자책하며 병원으로 갔다.

얼음덩이 위에서 깊은 잠에 빠진 오빠는 결국 깨어나지 못했다. 나는 지난가을 내내 한 가지에 나란히 달린 나뭇잎사귀가 그렇게 부러울 수가 없었다. 오빠를 떠나보내고 계절이 세 번 바뀌는 동안에 찢어진 기억의 편린들이 차츰 흐려져서 내 마음의 한곳에 자리하듯, 분홍신도 이제는 깔창에 금이 가고 뒤축도 닳아서 나들이에 신고 다니기는 좀 그렇지만 버리지 못하고 가게 안에서 실내화로 신고 있는 것이다.

옛날, 열차를 타고 군에 입대하는 오빠를 보내며 땅바닥에 주저앉아 통곡을 했었는데 불에 사르기 위해 화장실로 들어가는 그의 주검 앞에서 내가 할 수 있었던 것은 손때 묻은 염주를 몸 위에 올려놓는 일밖에 해 줄 것이 없었다. 〈오빠 생각〉의 노랫말 속에 "우리 오빠 말 타고 서울 가시며 비단 구두 사 가지고 오신다더니…"를 되뇌며 가슴 아리게 오빠가 보고플 땐 내게 남아있는 분홍신을 신어본다.

달맞이꽃과 블랙아이수잔

찾았다.

마을 어귀에 두 그루가 소담스레 꽃을 피우고 있었다. 햇볕 아래 부끄러운 듯 꽃잎을 오므린 자태가 소박한 시골아가씨 같다.

눈에 띄지 않는 달맞이꽃을 찾던 중에 길옆의 사람들의 발길이 잘 닿지 않는 시멘트 바닥의 갈라진 틈새에 핀 꽃을 보자 반가워 그 장소가 어떤 곳인지도 잊고 오므린 꽃잎을 쓰다듬어 본다.

그런데 왜 하필 그곳일까. 상여가 나가면 영가의 소지품이나 옷가지를 태우는 곳, 산 밑의 움푹 들어간 그곳을 지날 때면 되도록 보지 않으려고 외면하는 장소였다. 찾아다닌 꽃이 아니라면 선뜻 그 사리로 다가서지는 않았을 것이다.

해마다 햇볕이 따가운 여름이면 온 들녘에 노란 물감을 터뜨리듯이 달맞이꽃이 핀다. 줄기에서 긴 가지가 번지고 가지 끝에 노오란 꽃이 맺혔다가 바람에 흔들리며 파르르 떠는 꽃잎은 햇볕이 나면 오므렸다가 해가 지면 피어난다. 가냘프지만 생명력이 강해서 뙤약볕의 긴 여름을 잘 견뎌낸다. 맺힌 씨는 종자유가 되어 여성 호르몬인 에스트로겐의 보조제로 여성들의 갱년기장애를 치료하는 약재로 쓰인다.

쓰임새도 많고 생긴 모습이 우리네 여인들의 정서와 딱 들어맞는 달맞이꽃이 이삼 년 전부터 줄어들더니 이제는 거의 자취를 감추고 보이지 않는다.

몇 해 전, 중국 여행 때의 일이다. 열차를 타고 밖을 내다보니 끝이 보이지 않던 옥수수 밭을 지나서 씨방이 새까맣고 꽃잎은 단국화꽃 같은 키가 작달막한 노란 꽃이 수없이 피어 있었다. 해맑은 달맞이꽃이나 순진한 봉숭아꽃 등, 우리 정서에 맞는 꽃과는 전혀 달랐다.

활짝 핀 꽃은 꽃잎이 쫙 되바라지고 씨방은 둥글고 시커멓게 되어서 눈여겨보면 마피아 집단의 파수꾼 같은 비밀스러움을 간직한 듯 했다. 그냥 꽃일 뿐이지 어떤 정서나 아름다움과는 거리가 먼 것 같았다. 크고 까만 씨방 탓인지 분위기가 음침하고 비밀스러워 보여서 이름을 물었더니 '블랙아이수잔'이라고 하였다.

중국의 정서에 맞게 빨갛고 샛노란 화려한 개양귀비 꽃이 하늘거리며 무더기로 피었다면 잘 어울렸을 텐데 고전적인 정취와 블랙아이수잔에 이질감을 느꼈다. 그리고 다행스럽게 생각했다. 우리나라에서 그 꽃을 볼 수 없었으니까.

그런데 지난해부터 키가 작달막한 개량종 코스모스도 길옆에 드문드문 피어 있었다. 전해들은 이야기로는 달맞이 꽃씨를 채취하려는 사람들이 자주 교통사고를 당해서 도로공사에서 키가 작고 번식력이 강한 외래종 꽃씨를 도로 주변에 뿌린다고 하였다.

꽃과 나무는 적당한 장소에 심어져야 한다. 외래종이고 번식력이 강하다고 마구잡이로 씨를 뿌리고 심을 것이 아니라 민족의 정서와 자연의 습생이 맞아야 한다.

바람에 하늘거리는 가녀린 줄기로 뙤약볕을 견뎌내고 밤이면 고즈넉이 꽃을 피우는 달맞이꽃과 봄부터 잎이 나서 가을에 꽃이 피는 국화꽃 향기에서 우리는 삶의 한 언저리에 생긴 멍울을 달래고 치유할 수 있는 계기가 되기 때문이다. 아직은 인적이 드문 곳에 야생화들을 간간히 볼 수 있어서 그나마 다행이다.

외래종이나 외제라면 앞뒤 가리지 않고 선호하던 시대는 지나지 않았는가. 지금 호수나 강물에서 살고 있는 외래종 물고기가 우리의 재래 어종을 마구잡이로 먹어치운다고 하지 않는가. 개구리나 심지어 작은 동물까지도 외래종의 개체수가 늘어나서 심각한 피해를 입는다고 한다. 생태계의 조화와 앞일을 깊이 생각해 보지 않은 근시안적인 정책으로 생긴 일이리라.

싸릿대 울타리 밑에서 피던 채송화와 봉선화를 아파트화단에, 들녘의 달맞이꽃과 아기별꽃들을 공원의 쉼터 옆 화단으로 장소를 옮겨 보는 것은 어떨까. 이제는 사소한 것 하나라도 민족의 정서가 깃든 옛것을 오롯이 잘 보존하는 것이 현시대에 사는 우리가 해야 할 일인 것 같다.

검은 모래 해안의 흔적

새벽이면 습관처럼 거실 뒤쪽의 창가로 간다. 멀리 보이는 바다는 먹빛의 고요 속에 묻혀 있다. 깜박거리는 등대의 불빛조차 운무에 덮여 흐릿하다.

수평선에서 주홍빛 햇살이 퍼지며 점차 해무를 걷어낸다. 살랑대는 나뭇잎 사이로 달큼한 갯내음이 실려 온다. 오월의 아침, 파도는 철부지 아이처럼 쪼르르 달려온다. 덮칠 듯이 밀려오는 동해안의 파도와 넘실거리는 남해안의 파도와는 대조적이다. 쉴 곳 없이 달려온 먼 여행길에 지쳤나 보다.

전혀 예상하지 못했던 딸아이의 이사로 자주 제주도에 오게 된다. 삼양동의 검은 모래 해수욕장이 있는 곳이다. 바람 많고 비가 잦은 습한 기후지만 한 사흘 지나면 잘 적응하는데 아마도 남해

바닷가에서 자란 덕인가 싶다. 강한 햇볕과 뺨을 스치는 서늘한 바닷바람의 감미로운 촉감이 어릴 적의 풋풋하던 감성을 일깨워 주고 어디서나 만나는 여행객들의 기대에 찬듯한 초롱초롱한 눈매가 생동감을 느끼게 한다.

신축된 아파트 단지 옆에 탐라형성기 삼화지구 제주사람들의 선사시대 유적지가 있다. 특별한 시설 없이 땅을 파서 묻는 움무덤과 덮개돌을 사용하고 그 밑에 고임돌, 묘역시설 무덤방 등의 구조로 되어있는 고인돌, 어린아이의 장례나 두벌묻기에 이용된 황토 독을 맞물린 독널 무덤 등이 있다.

처음엔 아파트의 환기통인 줄 알고 지나쳤는데 자세히 보니 나지막한 지하에 지붕을 유리로 덮고 고대의 움집 자리와 독널 무덤, 출토된 빗살무늬토기들을 매끈한 황토바닥과 벽면의 진열장에 두었다.

잔디밭에 고인돌의 덮개돌을 두어서 잘 가꾼 정원을 보는 듯하다. 독널 무덤은 삼양동식 대형 토기 두 점을 서로 맞물려 관으로 사용했는데 초번구이한 불그레한 황토 독은 주검들의 크기에 맞추어 맞물려 있다.

아파트에 사는 대부분의 젊은 사람들은 바쁜 일상으로 무관심한 탓인지 전혀 거부감을 느끼지 않는 것 같다. 그 옆의 놀이터에서 들리는 아이들의 즐거운 소란스러움은 정적만이 감돌며 무언의 힘으로 사람을 끌어당기는 유적지와는 대조적이다. 맞물린 자그마한 토분을 눈여겨보던 나는 깜짝 놀라서 뒤로 물러섰다.

꼬맹이 소녀 적, 봄 소풍을 자주 가던 야트막한 산모롱이에는 유달리 깨어진 항아리 조각들이 많았다. 그 조각 사이로 솜털이 송송 난 할미꽃을 비롯하여 온갖 야생화가 동산을 이루었다. 통통하게 살이 오른 삐삐를 뽑아서 도르르 말려진 껍질을 까면 하얀 보푸라기 같은 속살이 나왔다. 껌처럼 꼭꼭 씹다가 뱉거나 삼키곤 했었는데 그런 후에는 입안에 풀내음이 가득했다. 동네 친구들과 손에 들꽃을 한줌 꺾어 들고 집으로 온 날, 다시는 그 곳에 가지 않겠다는 약속을 받아내며 어머니는 회초리로 내 종아리를 내리쳤다. 내가 꺾어온 꽃들은 개울에 버려지고 굵은 소금세례도 받았다. 잠들기 전, 깨어진 옹기 사이로 고개를 내밀고 바들거리던 가냘픈 꽃잎들이 눈앞에 아롱거렸다. 꿈속에서는 어려서 잃어버린 사촌동생 영희를 찾아 안개 속을 헤매고 다녔다.

어머니의 어린 여동생 둘도 홍역을 앓다가 그곳에 버려졌다고 하였다. 간혹 해질녘이면 누구를 기다리는 듯이 먼 산을 바라보곤 하던 어머니의 모습이 떠올랐다. 어릴 적의 정겨웠던 동생들을 떠올리며 그리워하였을 어머니가 생각나서 가슴 속이 짜안했다. 저 토분 속에 들어있었던 주검들도 누구에게는 소중한 인연이었으리라. 사뭇 숙연해지는 마음을 금할 수 없었다.

길 가의 돌멩이 하나를 주워 본다. 송송 난 구멍사이로 초록빛 바다가 보이고 그 바다 속 깊은 곳에 몸 구르며 내는 소라의 노랫소리도 들리는 것 같다. 작은 조약돌이지만 본래는 바위였다가 화산폭발로 시커멓게 그을리고 부스러진 구멍들에는 지난했던 이야기들이 담겨 있다. 하찮은 돌멩이 하나에도 지금까지 부대낀 온갖 흔적들이 남아 있듯이 인생의 육십령 고개를 넘은 사람의 정신세계는 어떤 모양이며 무슨 빛깔의 무늬들로 짜여 있을까. 발길마다 부딪친 상처들을 고스란히 그림으로 그려 넣고 때로는 현실에 접목하는 못난 짓은 말아야 할 텐데.

세찬 바람은 보듬어서 잠재우고 폭풍우 속에서도 잘 버텨내는 고목이었으면 하는 바람을 가져본다. 지울 수 없는 흔적은 스스로 만드는 것이기에 날이 선 성질들이 이제는 깎이고 다듬어져서 누구나 편히 앉을 수 있는 저편의 고인돌 같았으면 좋겠다.

노란 유채꽃 밭을 노니는 나비들이 한가롭다.

백두산을 찾아서

차는 예정시간보다 조금 늦게 출발했다. 대부분 낯익은 얼굴들이고 차분한 차안의 분위기가 배와 열차로 이어지는 중국여행에 대한 걱정을 가라앉혀 주었다. 쾌적한 관광버스 탓인지 5박6일의 일정을 잡은 장거리 여행이라기보다 하루정도의 문학기행을 가는 듯한 가벼운 마음이었다.

인천의 차이나타운에서 점심을 먹고 자유공원을 산책하며 맥아더장군의 동상 앞에서 사진을 찍었다. 자유공원 아래 큰댁이 있지만 단체의 움직임이라 빤히 보이는 곳이지만 연락할 엄두도 내지 못하였다.

인천 제1 국제여객선터미널에서 환전을 하고 단동으로 가는 훼

리호 '동방명주호'를 탔다. 10,648톤급의 훼리호는 흔들림 없이 편안했다. 늦은 장마 탓인지 바다는 뿌연 안개에 젖어 있었다. 우리가 탄 일반실은 고등학교 때, 제주도 수학여행 때 타고 갔던 배와 흡사해서 마치 과거로 가는 타임머신을 탄 기분이었다. 전혀 모르는 사람들과 한 뼘 차이로 머리를 맞대기도 하고 신던 신발도 깔려있는 이불 옆에 두어야 했다. 평소 같으면 잠을 못 잘 일이지만 '환경에 잘 적응하는 것이 인간이구나!' 하는 생각이 들었다. 답답해서 갑판으로 나갔다.

배는 뿌연 회색빛 안개를 헤치며 마치 해적선처럼 은밀하게 앞으로 나아갔다. 뒤로 남기는 하얀 포말은 모든 일에는 그 흔적을 남기는 것처럼 끝없이 펼쳐지며 하얀 길을 만들었다. 그 길 위로 내가 결혼 할 때의 정경이 떠올랐다. 예식장 바닥의 흰 융단 위로 아버지의 손을 잡고 걸어 들어가면서 느꼈던 미래에 대한 불안감, 너무 쉽게 결정한 것 같은 아쉬움에 두렵고 가슴 설레게 했던 짧았지만 답답하도록 길었던 그 시간이 하얀 물길에 포개졌다.

길은 떠나야만 하는 곳인가. 하얀 길로 들어선 나의 삶이 어떠했는지를 잠깐 생각해 보았다. 별로 영악하지 못한 내 성격을 감안 할 때 나름대로 최선을 다하지 않았냐며 자신을 달랬다. 하지만 기억나는 일상의 모든 것들을 하얀 물길에 던져 넣고 싶었다. 우선 가슴의 답답함부터 바다에 버렸다. 잘게 부서지는 기억의 편린들까지 바다 깊숙이 던져 넣었다. 가슴속이 후련했다. 아, 이래서 여행이 필요하구나. '여행은 떠돌아다니는 것이 아니라 미처 챙기지 못하는 자신을 돌보고 자아를 찾는 시간이 되리라'는 생각이 들었다.

선상에서의 야경은 기대할 수가 없었다. 검은 구름에 가려진 달과 별은 아예 보이지도 않았다. 열다섯시간의 항해 끝에 배는 단동 항에 도착하였다. 흙먼지가 풀풀 날리는 넓은 들판, 긴 시멘트 바닥의 부두는 한적했다. 조그마한 콘크리트 건물 안에서 입국수속을 받아야 했는데 속도가 느린 컴퓨터 탓에 바깥에서 길게 줄을 서서 기다려야 했다.

저녁 식사 후, 서탑가를 둘러보았다. 청나라를 천도하면서 여진족의 누루하치가 지은 작고 아담한 성이었다. 자그마한 방에 좁은 침대와 간단한 소품의 가구들이 놓인 후궁들의 처소에는 아직도 그늘진 기다림의 여운이 감돌았다. 후원 뜰에는 흰색과 붉은색, 분홍색의 접시꽃이 화사한 자태를 뽐내며 치장한 여인의 모습을 상기시켜 주었다. 북경의 자금성은 붉은 빛이지만 심양의 고궁은 규모는 작지만 다양한 색이 혼합된 튼튼하게 지어진 궁이었다.

영웅들에게는 더러 보은을 입은 이야기가 전해진다. 나폴레옹에게 네잎클로버가 있듯이 전쟁터에서의 일화로 누루하치에게는 까마귀와 개가 생명을 살려준 은인이라 여겼다. 궁궐 뜰에 쇠기둥을 높이 세워 까마귀밥을 담아놓는 쇠그릇이 있었고 평생 개고기와 까마귀고기를 먹지 않았다고 한다.

거리엔 젊고 예쁜 여자들이 짧은 원피스를 입고 활보하고 있었는데 대부분이 한족이라고 하였다. 한족은 여자가 강하고 조선족은 남자가 강하다고 한다. 그래서 한족의 여자와 조선족의 남자가 혼인을 하면 서로의 강한 기질 때문에 살기 힘든다고 하였다. 그래서인지 여자들의 표정이나 행동이 퍽 야무져 보였다.

야간열차

열다섯 시간동안 야간열차를 타야 했다. 통로엔 겨우 엉덩이만 걸칠 수 있는 접이식 간이의자가 창문 옆에 붙어 있고 이인용 의자의 면적에 침대칸을 만들어 취침할 수 있도록 해 놓았다. 삼층의 침대칸은 오를 때도 불편했지만 허리를 펴지도 못하고 머리를 들 수도 없었다. 경험해보지 않은 '과거로의 여행'이었다. 마음 바꾸기란 쉬운 일이다. 불편하다는 생각을 버리고 배당된 이층 침대칸을 바깥풍경을 보기 좋은 '전망 좋은 방'으로 생각하니 즐거워졌다.

누워서 보는 바깥은 끝없는 옥수수 밭이었다. 간혹 스쳐 지나는 야생화들, 붉은 지붕의 같은 모양의 집들, 들녘의 풍경은 1960년대 집들이 별로 많지 않았던 고향의 동네 모습과 같았다. 빈부의 격차는 상대적인 것이 아닐까. 현실에 만족하며 사는 것이 행복이란 생각이 들었다. 구름에 가려지는 보름달을 올려다보다가 덜컹거리는 열차소리를 자장가 삼아 잠이 들었다.

아침 아홉시 무렵 연길에 도착했다. 우리는 끼니때마다 중국식인지 조선식인지 궁금했다. 기름과 고기를 많이 쓰는 중국식은 입맛에 맞지 않았기 때문이다. 연길의 상점 간판은 대부분 북한 발음의 한글로 쓰여 있었다. 서시장에서 쇼핑할 수 있는 시간이 주어졌다. 북한산 잣과 약국에서 호랑이연고를 샀다. 장뇌삼과 송이버섯을 사는 이들도 많았다.

두만강

버스는 다시 중국과 북한의 국경지대인 도문으로 향했다. 도문에는 두만강이 있었다. 중국과 북한 사이의 두만강은 강의 폭은 넓지만 냇물처럼 얕았다. 조선족인 가이드는 어렸을 때 두만강을 건너가 북한의 또래들과 밤새워 놀기도 하고 철들고는 같이 술도 마시며 우애 있게 지낸다고 하였다. 중국의 한족들은 조선족을 괄시하는 경향이 있지만 북한의 친구들은 순박하고 인정이 있어서 좋다고 하며 중국인 가게에서 물건을 사는 것보다 하나라도 같은 민족인 조선족이나 북한에서 운영하는 가게에서 물건을 사라고 권했다.

대나무를 여러 개 덧대어 묶어서 만든 뗏목 위엔 여남은 개의 의자가 있고 사공이 대나무 작대기를 밀어서 뗏목을 움직였다. 모두들 "두만강 푸른 물에~ 노젓는 뱃~사공"을 합창하며 강 건너의 북한의 동정을 살폈지만 아무도 보이지 않고 조용했다. 두만강을 경계로 한 북한과 중국은 한쪽 발만 강물에 담구고 있으면 국경을 넘지 않은 것으로 본다고 하였다. 강둑에서 건너편에 있는 북한의 동정을 살피다가 용정으로 가기 위하여 버스에 올라탔다.

바람과 별과 시

윤동주 생가와 대성중학교로 가는 길에 있는 작은 다리 아래의 개울이 해란강이라고 하였다. 〈선구자〉의 가사 중에 나오는 '천년을 두고 흐른다'는 해란강이 대단히 넓은 줄 알았는데 '일송정 푸른 솔'과 마찬가지로 작은 개울과 산에 흔히 있는 소나무였다. 강의 크고 작음보다 해란강을 바라보며 조국의 해방을 위해 소나무처럼 푸르고 굳은 절개를 다지는 이들을 마르지 않는 강물에 비유한 것이 아닌가 하는 생각이 들었다.

대성중학교의 교문에 들어서자 윤동주의 시비가 한눈에 들어왔다. 가을밤, 넓은 들녘에 쏟아져 내릴 듯한 뭇별과 그 별들을 울리는 바람, 어머니의 따뜻한 정, 해질녘의 교정에 서 있으니 〈별 헤는 밤〉이 절로 실감이 났다. 먼 이국땅에서의 가슴 저미는 외로움에 고향을 사모하며 그리움을 달랬을 시인의 심사가 눈으로 들여다보듯 선명하게 떠올랐다.

나지막하게 이층으로 지어진 학교는 내가 다녔던 초등학교와 같은 형태여서 더 정감이 갔다. 이층의 교실은 전시장으로 쓰고 있었는데 대성중학교를 졸업한 유명인들의 사진을 걸어놓고 그들에 대한 자료도 수집해서 잘 정돈되어 있었다. 흑룡강 조선민

족출판사에서 발행한 윤동주 시집을 한 권 샀다. 학사모를 쓴 윤동주와 시비가 보이는 대성중학교를 배경으로 하여 표지를 만들었다. 제목은 〈하늘과 바람과 별과 詩〉가 바람에 흔들리듯이 적혀 있었다. 순수함에 근접할수록 자연스레 그것을 동경하게 되는 것 같다.

용정에서 버스를 타고 네 시간을 가야 목적지인 백두산 아래의 호텔에 도착할 수 있었다. 차는 산길로만 달렸다. 올봄까지만 해도 비포장도로였는데 차 두 대가 겨우 교차할 수 있게 시멘트로 포장해 놓아서 그나마 승차감이 좋아졌다고 가이드가 말했다. 휴게소라고 해야 시골구멍가게 같은 곳이 한군데 있었는데 화장실은 시멘트바닥에 일어나면 바깥에 상체가 보이는 허술한 곳이었다.

버스는 기우뚱거리며 산속으로만 달렸다. 얼마나 갔을까, 어둠이 발목을 적실쯤에야 키 큰 나무들 사이로 호텔 간판이 보였다. 깨끗한 커튼이 달린 침대가 있는 방. 물 사정은 좋지 않았지만 2인 1실로 모처럼의 편안한 잠자리였다. 젊은 아가씨들이 마사지를 받으라며 찾아왔다. 지친 여행길의 노독이라도 풀 요량인 남자들의 입이 벙글거렸다. 못본 척 방문을 닫고 다리를 펴고 잘 수 있는 것에 감사하며 잠에 곯아 떨어졌다.

포르릉 포르릉 새소리에 눈을 떴다. 지금까지 들어보지 못한 높은 옥타브의 맑은 소리였다. 흰 커튼을 젖히고 창밖을 보았다. 공작새 모양의 꼬리가 긴 새가 이리저리 숲속을 날아다니고, 코끝이 시큰거릴 만큼 맑은 공기를 들이마시며 마치 천상의 세계의 선녀가 된 기분이었다.

계절은 한여름이지만 기온은 늦가을 날씨라서 긴팔 옷을 입어야 했다.

아침 식사 후에 버스를 타고 백두산을 오르는 지프차 타는 곳으로 갔다. 코스로는 북파, 서파, 동파가 있는데 북파가 제일 좋은 경치를 볼 수 있다고 하였다. 날씨는 흐려서 곧 비를 뿌릴 듯하고 모두들 준비한 비옷을 입고 많은 사람들이 줄을 서서 기다리고 있었다. 중국에서 온 사람들은 오리털파카에 무스탕과 모피를 입은 사람들도 있었다. 카랑카랑한 중국말의 안내를 들으면서 우리 것을 지키지 못하고 빼앗긴 것 같은 슬픔과 안타까움에 가슴이 아렸다.

바람꽃

지프차를 타고 산을 오르자 비가 흩뿌리기 시작했다. 안개비일까, 이런 날씨에 천지를 볼 수 있을까를 염려하며 창밖을 보았다. 수많은 야생화가 춤추고 있었다. 남한이 여름이면 백두산엔 봄꽃이 핀다고 한다. 노란, 분홍, 보라, 붉은색의 앙증맞게 활짝 핀 작은 꽃잎들이 자지러지듯이 나풀거렸다. 검은 화산지의 돌 틈과 하얀 화산재 위에 군락을 이루며 피어있는 야생화는 아름다움을 넘어서 신성해 보였다. 불쑥 '죽어도 영혼이 살아 있다면 걸림 없이 이곳을 다녀 보리라는 생각이 들었다.

화산재가 쌓인 언덕으로 올라가서 아래를 내려다보니 자욱한 구름만 어지러이 흩어질 뿐 천지는 보이지 않았다. 애국가를 부르고 기도를 하고 사진을 찍는 사람들 속에서 천지를 보기를 염원 하였지만 잠에 취한 천지는 깨어나지 않았다. 아쉬운 발길을 돌릴 수밖에 없었다.

이런 날씨에는 곧 많은 비가 온다는 가이드의 말에 자꾸만 뒤를 돌아다보며 화산 폭발로 잘게 부서진 미끄러운 돌길을 더듬거리며 내려왔다.

아쉬웠다. 만나기로 한 정인을 못보고 돌아선 것만큼. 훌훌 뿌리는 가랑비 속에서 언젠가는 꼭 보고야 말겠다고 다짐하며 지프 차에 올랐다.

장백폭포의 긴 물줄기는 하얗게 기른 노인장의 수염 같았다. 폭포로 올라가는 입구에는 온천물에 삶아 반숙이 된 계란을 팔고 있었다. 점심때는 지나고 비 맞고 배고프던 차에 세 개나 먹었는데도 계란 특유의 비린내가 나지 않았다. 두세 군데 김이 오르는 온천장으로 들어가서 비에 젖은 몸을 녹이고 싶은 생각이 간절했지만 단체로 움직이는 여행이라 어쩔 수 없었다.

다시 야간열차를 타기 위해 안도로 이동하였다. 어떤 힘겨운 일이라도 경험하면 도움이 되는 것 같다. 비좁은 열차의 침대칸도 정겨워 보였다. 시간에 쫓긴 탓에 저녁은 열차 안에서 도시락을 먹었다. 기름이 번들거리는 반찬은 입에 맞지 않아서 일행이 가져온 밑반찬을 꺼내 놓아 그나마 양을 채울 수 있었다.

압록강에서

아! 탄식이 나도 모르게 튀어 나왔다. 정은 주고받아야 생기고 기다림도 언젠가는 돌아온다는 기대가 있어야 희망을 갖고 살아갈 수 있을 것이다. 사랑하는 이를 잃고 피멍든 가슴에 그리움의 세월이 쌓여 남은 것은 아픔과 슬픔뿐인 여인네의 가슴팍처럼 엿가락처럼 휘어져 끊어진 철교는 벌겋게 녹슬어 있었다. 다만 보는 이의 애닯은 감정만 깊은 강물 위에 넘실거렸다. 북한에 아무 연고가 없는 내가 이러할진대 혈연이 끊어진 철교 건너에 살고 있는 실향민이라면 그 심정이 어떠할까. 터지는 통곡을 주체할 수 없을 것이다.

작은 유람선을 타고 철교 밑을 지나서 위화도로 가는 동안에 배안에서 파는 망원경으로 강 건너편의 북한을 볼 수 있었다. 망원경 렌즈 속에 아슴푸레 보이는 북한병사는 이쪽으로 총부리를 겨누고 있었고 강가의 방파제에는 아이들이 물놀이를 하고 있었다. 수영복도 없이 입었던 팬티만으로 물속에 뛰어들어 더위를 식히고 있었다. 그 정경은 내가 어릴 때의 60년대 모습과 흡사했다. 강둑을 걸어가는 일가족이 있었는데 여인네의 한복은 우리시대와는 거리가 먼 차림새였다. 3층의 블록 집은 빈집처럼 쓸쓸해 보였다. 무려 50년의 차이를 둔 것이다. 이쪽의 중국 땅에서 결혼식을 축하하며 펑! 펑! 울리는 폭죽소리와는 심한 이질감이 생겼다.

많은 관광수입을 같은 민족인 북한이 아니라 중국에 떨군다고 생각하니 안타까웠다. 끊어진 철교 옆으로 다른 철교가 하나 있었는데 중국과 북한의 통행증만 있으면 다리를 통과해서 갈 수 있다고 했다.

돌아오는 길

한번 경험한 일은 몸에 익은 탓인지 훨씬 수월했다. 긴 시간의 야간열차를 타는 일이 별 힘들지 않았다. 열차는 아침 일찍 심양에 도착했다. 그곳에서 여행사전용버스를 세 시간 반정도 타고서야 단동에 도착하였다.

많은 것을 알고 돌아오는 길은 늘 보던 것도 새롭고 지겹다고 느끼던 일상도 그리워진다. 아직도 눈앞에 삼삼한 고귀하고 가냘픈 바람꽃의 향기를 느끼며 어떤 환경에 처하더라도 향기를 잃지 않는 여인네가 되어야겠다고 다짐해 본다.

생각의 유희에
빠지다

꽃잎 아리에타

백목련은 승천하는 선녀다. 하얀 너울의 애잔한 몸짓에 바람도 어지러이 흩어진다. 콧속에 스며드는 달콤한 봄 냄새. 하릴없이 두근거리는 가슴에 잠 못 드는 밤. 목련의 자태에 홀린 내 마음에 뭉게구름이 피어난다. 환영처럼, 고아한 넋 하나 허울을 벗고 하늘로 날아오른다.

아무리 찬란한 빛 속에 있더라도 스스로의 눈을 가리고 어두운 장막으로 자신을 휘감고 있다면 천지는 어둠으로 덮일 수밖에 없을 것이다. 그것은 질식할 듯한 생활이 파편처럼 파고들어 한숨과 탄식과 슬픔의 고뇌가 가슴속을 가득 채우고 자신이 파 놓은 늪 속에서 허우적거리게 될 것이기 때문이다.

중학교 때 겨울방학을 며칠 앞둔 어느 날, 한기에 오돌 거리며 집으로 들어섰다. 댓돌 위에 얌전하게 벗어놓은 작은 검정 고무신을 보았다. 낯선 신발에 고개를 갸웃거리며 큰방 문을 열었다. 거지 몰골을 한 젊은 여자가 이른 저녁밥을 먹고 있었다. 방안에는 반찬 냄새에 뒤섞여서 심한 악취가 풍겼다. 숨을 쉴 수가 없어 코를 틀어쥐고 마루로 나와 심호흡을 몇 번 한 후, 방안에서 들려오는 어머니의 말소리에 귀를 기울였다.

"쯧쯧, 젊은 사람이 정말 딱하기도 하네. 어쩌다가 몸이 이 지경까지 되었노. 내 색시 사정을 들어본 뒤에 막사에 딸린 방을 쓰게 하든지 말든지 결정을 해야겠다."

"정말 죄송합니다. 남의 집에 허락도 없이 들어가서 잠도 자고, 또 이렇게 번거롭게 해 드려서."

젊은 여자의 목소리였다.

저의 집은 K시의 변두리에 있었습니다. 삼남매 중에서 둘째였던 저는 밥걱정 없이 편하게 자랐습니다. 고등학교 2학년 때 장마가 시작된 어느 날, 학교를 파하고 집으로 가는 강둑길에서 검정 우산을 쓰고 나를 유심히 살펴보는 남자를 만났습니다. 동네에서는 못 보던 청년이었지만 비 오는 날이면 으레 그를 볼 수 있었고 나를 보면 얼굴을 붉히는 그 남자를 예사롭게 지나쳤습니다.

그해 여름의 그믐밤, 강 건너 친구 집에서 숙제하며 놀다가 집으로 가는데 버드나무에서 항상 울던 매미 소리가 유난히 시끄럽고 검은 강물에 무섬증이 들어서 목을 움츠리고 강둑길을 뛰었습니다. 정신없이 달리던 나는 둑 아래 도둑고양이처럼 숨어있던 사람의 억센 손아귀에 종아리가 잡혀 넘어졌고, 둑길에서 뒹굴어져 지천으로 피어있는 하얀 메밀꽃밭 속으로 굴러 떨어졌습니다. 미처 일어설 새도 없이 수많은 메밀꽃이 내 몸을 후려쳤고…. 나는 깃털 뽑힌 새처럼 패대기쳐졌습니다. 별들이 흘린 눈물 탓인지 아니면 내가 흘린 꽃물 때문인지 오싹하게 추워서 진저리를 치며 정신을 차려보니 먹빛하늘에 별들이 보석처럼 총총히 빛나고 있었습니다. 내가 정신을 잃기 전에 당했던 일이 떠올랐습니다. 목이 콱 메며 터져 나오는 울음을 겨우 삼켰습니다. 칠흑 같은 어둠에 앞뒤를 분간할 수 없었지만 이슬에 젖은 풀섶을 더듬거리며 절뚝거리는 다리로 겨우 집으로 돌아와 이불을 둘러쓰고 밤새 숨죽여 울었습니다.

심한 몸살로 며칠을 방문출입도 못했고 몸에 난 상처가 어찌된

거냐며 닦달하는 어머니에게는 둑길에서 넘어졌다고 둘러댔습니다. 겨우 정신을 차리자 메밀밭에 버려졌을 책이 생각났고 휘청거리며 둑길을 찾아보았지만 책은 보이지 않고 메밀밭만 어지러운 내 마음처럼 군데군데 흩어져 있었습니다.

개학을 며칠 앞두고 대문 옆 돌팍에 얌전히 얹혀있는 책을 본 순간 가슴이 비수에 찔린 듯 아팠습니다. 방안에 퍼질러 앉아 숨죽여 눈물을 쏟은 나는, 예전의 내가 아닌 찢겨진 책장처럼 만신창이가 된 낯선 여자였습니다. 가을걷이가 끝나갈 쯤 몸에 변화가 왔고 병에 걸린 것을 차마 밝힐 수 없어 2년 동안 다니던 학교도 그만두고 집을 나왔습니다. 그 일이 있은 후로 나타나지 않는 그 사람을 찾으려고 이리저리 떠돌다가 이제는 죽을 날만 기다리는 신세가 된 것입니다.

검정 고무신의 그녀는 어머니의 어포(魚脯) 사업장 구석지의 조그만 방에서 지냈다. 깨끗이 몸단장한 그녀가 어머니 일을 도우며 간혹 웃을 때는 하얀 제비꽃 같았다. 병이 깊어지자 방안에 누워 꼼짝도 못했고 어머니는 집에서 밥을 해다가 먹였다. 그녀의 몸에서 나는 냄새가 얼마나 심한지 나는 먼 곳에서 쳐다만 봐도 속이 울렁거렸는데, 어머니는 방안에 목향을 한줌 피워놓고 그녀에게 밥도 먹이고 방 청소도 해 주었다.

새의 부리처럼 움츠렸던 목련이 몸트림을 하며 피던 날, 검정 고무신은 주인을 잃었다. 광목으로 싼 작은 관이 아픔과 시름을 잊은 듯이 지나가는 바람을 붙잡고자 뒤설레는 목련꽃처럼 가벼워 보였다.

인생을 부정하거나 거부하지 않고 그릇되게 비판하지 않으면 삶을 잘 향유하는 사람이라고 할 수 있을까? 미래에 대하여 회의적이고 절망적인 생각을 버리고 밝고 희망적인 생각으로 살아간다면 언젠가는 자신이 가꾼 환한 빛의 세계를 만나게 될 것 같다.

하얀 목련꽃잎들이 하나 둘 지고 있다. 바람에 돛을 맡긴 평화롭고 허허로운 배처럼 하얀 목련은 밤바다에 떠 있는 돛배다. 잠 못 들고 가슴 아린 긴 밤이 지나 빛 고운 아침이면 떨어진 꽃잎자리에 파란 새잎이 돋아있으리라.

청옥빛 하늘 아래서

　진한 햇빛이 나뭇잎에 꽃물 되어 앉던 날, 깊은 골 언덕에 서서 빛을 등지고 하늘을 본다. 꿈에 그리던 청옥빛 바다가 있다.

　내 어릴 적 갈매기 날던 바다. 성난 파도가 아우성치며 바위에 부서지던 날, 돛배에 마음을 싣고 무시로 수평선을 넘나들었다.

　장마가 지난 밭에서 땡볕에 늘어진 잎사귀를 양산처럼 받쳐 들고 살몃 배꼽을 드러낸 개똥참외를 찾아낸 어머니의 환한 미소와 빨리 오라는 손짓. 옥양목 깡동치마를 입은 나는 맨다리를 휘감는 고구마 줄기를 피하느라 밭고랑 사이를 요리조리 내달려 어머니의 치마폭에 풀썩 안긴다. 달큼한 개똥참외 냄새…. 샘이 마른 우물 속에 들어앉아 나를 진종일 애태우게 하던 동생과의 숨바꼭질.

더운 여름 밤 마당의 평상에 누우면 가슴 가득히 쏟아져 내리는 별들이 있던 나만의 하늘을 그려본다.

푸른 소나무 숲 사이로 어머니의 꽃상여가 나붓이 춤추며 사라져가던 걷잡을 수 없었던 절망. 다가오던 기차가 긴 꼬리를 끌며 내 곁에서 멀어지는 것을 물끄러미 바라볼 때의 허허로움.

세월이라는 에스컬레이터는 다시 돌아 갈 수 없는 곳에 나를 내려놓고 굴러가고 있다. 어디서부터 시작하고 어떻게 끝맺어야 할지 허둥대며 또 다른 에스컬레이터 위에 발을 얹어본다. 몇 층쯤의 세월 속에서 내 마음에 드는 참다운 나를 찾아낼 것인가.

바람 따라 걷다가 호수에 잠긴 청옥빛 하늘을 우두커니 내려다본다. 목화 솜 같은 뭉게구름이 작은 섬을 휘감아 도는 카랑한 비명소리 날 것 같은 물속의 깊은 하늘. 나는 그 곳에 잠기고 싶다. 한 방울의 이슬로 흩어질지라도, 그리하여 내 마음의 묵은 때가 말끔히 씻기어 쏟아져 내리는 별빛을 다시 가슴 가득히 채울 수만 있다면.

골 깊은 높은 산 하늘에 청옥빛 바다가 있다. 잃어 버렸던 바다, 꿈에라도 가고 싶은 고향 같은 곳. 청춘과 理想이 숨 쉬고 희망이 별처럼 반짝이던 그 피안의 세계가 있다.

이름 없는 여인에게

모두들 챙기느라 분주하다. 손전등을 켜고 어둠을 헤치며 잿길을 걷는다. 옷자락 스치는 소리, 자박거리는 발자국소리, 조심스런 몸짓으로 줄줄이 법당으로 모여 든다.

해인사의 새벽기도는 흐트러진 마음을 추스르기에 적합한 곳이다. 우렁찬 기도소리가 묵직한 종소리에 얹혀 새벽의 적막을 깨드린다. 일상에 매달려서 잊혔던 자신을 찾으려고 절을 한다.

지장전(地藏殿)에는 전직 대통령의 초상화가 걸려있다. 살기를 포기한 이와 매 시간 살아남기를 바라는 이들을 저울질하는 이율배반적인 갈등 속에서 결국 후자에 비중을 두게 된다.

가랑비 내리는 오솔길을 내려오다가 길모퉁이에 잦바듬하게 쓰러진 비석 앞에서 멈춰 섰다. 무심히 지나쳐 버렸을 곳에 발길이 머문 것은 집 옆에 이름 석 자 적힌 비석 하나 세워달라며 세상을 등진 전직 대통령의 유언이 화두처럼 머릿속을 채우고 있었기 때문이다.

풀숲에 반쯤 덮여 비에 씻긴 묘비명도 없는 비석을 보자 이름도 없이 스러진 소녀가 떠올라 애처로워 보인다. 마알간 마음을 가지려고 애써 기도한 뒤라서 글자 하나 적히지 않음이 이슬처럼 참 깨끗하다는 느낌이 든다. 세속인과 출가자가 하나의 비석으로 비교되는 것을 볼 때, 공부 잘된 출가자의 뒷모습에 고개가 숙여진다.

누구에게 주는 것이 아니라 내 몫으로 남겨 달라는 것은 욕심이 아닐까. 하지만 대통령의 직함을 가졌던 분으로 그 소망은 욕심이 아니라 겸손과 소박함일 것이다. 이름 없는 민초(民草)들도 흔적을 남기고 싶어 사후의 일을 미리 걱정하며 채비를 해놓지 않는가.

지나날, 〈여학생〉이라는 월간지에 중3의 우리들로서는 짐 못 이룰 사건이 실렸었다. 서울의 어느 여학교에서 있었던 일이다. 국어선생님과 제자의 사랑은 설악산의 도피행으로 이어졌고 이룰 수 없는 사랑에 비관해서 함께 바위에서 뛰어내려 세상을 등졌다. 가지런히 놓인 그들의 신발 아래 노천명의 시, 〈이름 없는 여인이 되어〉가 발견되었다.

교실 안은 아내와 아이까지 있는 국어 선생님을 사랑한 여학생을 욕하는 쪽과 과감하게 사랑하는 이를 쟁취하여 목숨까지 버린 여학생의 용감성을 두둔하고 가정을 가진 남자인 국어 선생님을 비난하며 남아 있는 아내의 슬픔을 말하는 아이들이 서로 실랑이를 벌여 북새통이 되었다. 그 뒤, 한참동안 노천명의 〈이름 없는 여인이 되어〉란 시가 센세이션을 일으켰었다.

사춘기 때의 일이라 그런지 그 일은 내게 단순한 사건으로 만 끝나지 않았다. 어려운 일을 당해 용기를 잃을 때는 죽음도 불사하며 사랑을 택한 여학생이, 저질러 놓고 나서 후회되는 일을 할 때면 그들의 도덕성을 까발리던 반 아이들이 생각나서 멈추었다. 쓸데없는 욕심이 솟을 때면 신발 두 짝 아래 큰 글씨로 클로즈업되었던 노천명의 시가 떠올랐다.

초가지붕에 박 넝쿨을 올린 마당에서 삽살개가 달을 보고 짓는 광경과 먼 기적소리가 들리는 산골 집에서 수수엿을 놋 양푼에 녹여 먹으며 사랑하는 이와 눈을 맞추는 순박한 여인의 모습이 눈에 선해서 욕심을 삭힐 수가 있었다.

　지금도 애잔한 소녀의 모습으로 그 여학생은 내 가슴속에 남아 있는데 모든 일을 앞뒤로 계산부터 하게 되는 나는, 순수한 눈으로 누구를 사랑할 수 없을 것 같다.

　권세와 명예를 누리며 오래 살았다고 꼭 사람들의 가슴에 깊이 기억 되는 것은 아닌가 보다. 비석하나 남기지 않아도 기억 될 사람은 언제나 생각나고 자태를 뽐내는 꽃집의 수많은 꽃들보다 스러지는 들꽃 한 송이의 향기가 더 진하게 느껴진다.

　세상에 올 때와 갈 때의 모습이 각기 다르듯이 우리네 생각도 다를 수 밖에 없지 않은가.^^*

　달빛 아래 핀 하얀 박꽃이 뽀얀 소녀의 모습으로 보인다. 먼데서 부엉이가 울고 있다.

생각의 유희에 빠지다

삼월 초입에 함박눈이 내린다. 소리 없이 다가오던 봄의 기운이 한 발짝 물러나는 느낌이다. 갓 올라온 여린 싹이 온전할까. 가뭄에 시달리더니 녹아드는 눈을 자양분으로 햇살 돋는 날엔 성큼 자라 있으리라.

TV방송의 프로그램 중에 화해를 주도하는 스페셜이 있다. 가까워야 하는 혈연관계에서 만나기만 하면 다투고 원망하는 마음으로 가득한 사람들. 그런 이들의 신청을 받아 방송국에서 해외여행을 보내준다. 대부분 환경이 열악한 동남아 쪽의 여행이지만 낯선 곳에서 부대끼며 서로를 이해하고 용서하는 시간을 갖게 한다.

늘 딸의 옷차림과 행동이 마음에 들지 않는 엄마는 쓰러질 것 같이 나약한 딸을 옆에 두고 길바닥에 앉아서 그림을 그리며 색다른 풍경에 몰입된 그 시간만큼은 슬픔과 가슴쓰린 아픔도 잊어버린다. 딸은 그림에는 전혀 관심이 없는 듯 길 위에 서서 기다리며 자신이 버려졌다고 생각하고 엄마를 원망하며 쓰러지고 만다.

방관자의 입장에서 지켜보면 상대방을 다른 사람과 비교하여 저울질하고 자신만을 위해 주기를 바라는 욕심이 두 사람의 마음 속에 숨어있다. 현실을 부정하고 싶고 서로 미워하는 고통 속에서 살아간다.

사람은 늘 자신을 보호하는 장막을 치게 되고 현실을 잊기 위해 조그마한 위안이라도 얻을 수 있는 일을 만드는 것 같다. 속내를 드러내며 기록하는 나의 글쓰기조차 때론 일상에서 벗어나고픈 도피행각인지도 모른다.

내 딸 정이가 사춘기를 겪으면서부터 나와 서로 좋다가도 세 시간 정도 지나면 사소한 의견차이로 다투곤 했다. 내 생각은 인물 좋은 딸이 식성을 주체하지 못하고 살이 찐 깃이 늘 불만이었고, 정이는 그리 보는 내 표정에 반항이라도 하듯이 밤만 되면 기름진 음식을 먹었다. 고민을 하던 중에 하루 일정으로 여행을 제안했고 집에 내려온 정이도 선뜻 응했다. 차에 오르며 딸이 아 닌 친구와의 동행이라고 마음에 새겼다. 동해안의 싱싱한 먹거리 와 짙푸른 바다의 상큼함에 우리는 짧은 시간이나마 서로의 합일 점을 찾은 듯이 즐거웠고 모처럼 다투지 않은 하루를 보냈다.

두어 달 후, 서울의 아이들 집에 가서 본 정이의 뒷모습이 내가 몰라 볼 정도로 날씬해져서 깜짝 놀랐다. 혼자인 것 같은 외로움 에 빠져 폭식을 한 결과가 미처 챙기지 못한 내게 있었던 것 같아 미안하고 부끄러웠다.

결혼을 한 정이가 해외여행을 하자고 했다. 둘만이 여행할 수 있는 날이 또 있겠나 싶어 떠나기로 했다. 우리 사이를 잘 아는 식구들의 염려 속에 집을 나섰다.

이제까지 나는 딸 정이를 늘 보살피고 지켜 주어야 한다는 강 박관념에 젖어서 갇힌 생각과 좁은 시야로 어리게만 보았다. 여 행하는 동안 딸에 대해 몰랐던 부분이 너무 많았음에 깊이 반성 하였다. 이제는 딸애의 그늘 속에서 보호 받아야 할 나이가 되었 고 모든 결정을 해야 하는 일에서 한걸음 물러서야 할 것 같았다. 입장이 바뀌 꼭 내 엄마처럼 빈틈없이 챙기고 보살피는 마음쓰임 새가 고마웠다.

동양 최대라는 캄보디아의 똔레삽 호수의 흙탕물 속에서 잘 뜨지도 못하는 배들이 늘어서 있을 때 둘은 또 부딪혔다. 정해진 일정대로 다른 배를 탄 사람들처럼 기다리다가 강을 둘러보고 가자는 딸과 짜증이 나서 배를 되돌리고 싶은 내가 다투고 말았다. 고향의 진양호 맑은 물이 생각나 괜히 이곳을 일정 속에 넣었다 싶은데 물이 부족해서 배가 서로 뒤엉켜 뒤집힐 것 같은 상황이 되자 그곳을 당장 떠나고픈 내 마음을 이해할 수 없었나보다. 가이드의 팁이 아깝고 모두 배안에서 얌전히 기다리는데 그런 참을성도 없이 어쩔 거냐며 내내 툴툴거렸다.

인력거 같은 오토바이가 끄는 이륜차를 타고 흙먼지의 언덕길을 한참 지나자 도랑 위에 나무판자를 덧댄 수상가옥의 빈민촌이 보였다. 가이드가 빈민촌의 길 건너 맞은편 땅위에 좀 좋게 지은 집은 똔레삽 호수에서 잡은 물고기로 젓갈장사를 해서 돈을 번 집이라고 했다. 수상가옥 시궁창에 고아한 자태로 작고 앙증맞게 핀 연꽃들이 눈길을 끌었다. 부드러워진 내 표정에 정이는 이내 생글거리며 앞으로의 일정에 대해서 의논하였다.

자식이라도 간혹 내 생각과 같지 않아 조언자의 역할일 수밖에 없는 것이 편안하지만 약간은 서글퍼질 때도 있다.

누구나 자의식이 강하고 독특한 자기만의 마음의 방을 간직하고 있기에 그곳을 방문 할 때는 꼭 노크를 하는 것이 예의인 것 같다. 어떤 상황이더라도 내 판단만 내세울 게 아니라 바르게 보고 좋게 생각하는 버릇을 길러야겠다고 다짐해본다.

어스름한 어둠이 깔릴 무렵 연꽃 핀 연못가를 거닐며 딸과 한마음으로 화사한 오렌지 빛을 띤 앙코르와트의 일출을 보던, 그때가 그립다.

아코디언 소리

토닥거리며 비가 내린다. 찜통 같은 더위는 말복이 지나도 기승을 부려 모든 생명체가 숨이 막혀 헉헉거렸다. 비는 시원한 바람을 타고 열대야와 뜨겁게 달궈진 런던 올림픽의 열기를 식힌다.

사랑채 문을 열자 상큼한 바람이 밀려들어 온다. 더위에 지쳐 한켠에 밀쳐두었던 아코디언을 챙긴다. 미처 케이스에 넣어 두지도 못해 소리가 변하지는 않았는지 건반을 지그시 누른다. 목쉰 음이 방아에 가득 찬다.

먼저 〈바위고개〉를 연주하면서 그림자같이 늘 가까이서 보살펴주던 오빠를 생각한다. 가버린 빈자리는 무엇으로도 채울 수 없다는 것을 왜 진작 알지 못했는지 안개 같은 슬픔이 가슴에 번진다.

저녁 산책길을 핑계 삼아 좋아하는 이의 집 앞을 황급히 지나던 기억을 되살리는 〈그 집 앞〉과 세월의 덧없음을 아쉬워하는 〈동심초〉도 연주한다. 머릿속의 잡다한 생각들이 꼬리를 감추고 음률에 실린 마음이 가벼워진다.

중학교 입학할 무렵, 일본의 할아버지께서 보내주신 빨간 아코디언이 내게 온 지 사십 년이 지났다. 결혼을 하고 까마득히 잊고 지냈는데 오십 고개를 넘자 어디선가 아코디언 소리가 나는 듯했다. 그제야 친정에 두고 온 아코디언이 생각났다. 수소문을 해서 찾으니 다행히 잃어버리지는 않았지만 몇 십 년간 들어있던 창고 속 습기 탓인지 건반 두 개가 내려앉고 보관집의 자물쇠도 녹슬고 부서져 있었다. 꿈속에서 어머니를 보는 것처럼 반가웠다. 수리를 했지만 경쾌하고 탄력 있는 소리를 들을 수는 없었다. 낡은 모양과 소리가 세월의 더께에 눌린 내 모습과 흡사했다. 그래서인지 더욱 정감이 가서 보기만 해도 즐거워진다.

옛날엔 무겁고 헐거워 무릎 위에 걸치고 앉아야 건반을 누를 수 있었지만 지금은 몸에 꼭 맞아서 훨씬 수월하게 연주할 수 있다. 몸이 커지면 마음도 넓어 이해심도 많아져야 하지만 그러지 못하니 안타까운 일이다.

오늘처럼 비가 오거나 계절이 바뀔 무렵이면 아코디언 건반을 누른다. 편안한 음률을 들으면 최면에 걸린 듯 마음속에 켜켜이 쌓인 나쁜 기억들이 지워지고 편안했던 어린 계집아이로 돌아 갈 수 있게 된다.

담장너머로 비를 타고 아코디언소리가 퍼진다. 누구라도 듣는 이 있다면 지친 마음을 잠시나마 포근히 감싸주는 전령사 같은 음률이기를 기원해 본다.

나르키소스의 샘

어릴 적부터 여름이면 가는 곳이다. 오후 세시쯤 되면 서편벼랑의 그늘이 내려 시원하게 해수욕을 할 수가 있었다.

어김없이 올해도 여동생 네와 그 곳을 찾았다. 여태껏 봐 온 새끼 물고기 떼가 훤히 보이던 푸른 물빛이 아니었다. 건너편 마을에 콘크리트 방파제를 쌓고 유람선 선착장이 생겨서 '이젠 이곳도 오염이 되겠구나.'하는 아쉬움에 기분이 씁쓰름했다. 밀물이라 그럴 거라고 생각하며 찜찜했지만 거품이 보글거리는 누르스름한 물속으로 발을 담갔다.

그곳에는 해마다 우리를 기다리는 것이 있다. 지난해는 손바닥만 한 꽃게가 바위 틈새로 숨바꼭질을 하는 통에 해 지는 줄 몰랐는데, 올해는 작은 고둥을 잡느라 돌을 살그머니 들키니 엄지손가락만한 해삼이 간지럼 타는 아기 발처럼 몸을 웅크리며 꼬물거렸다.

해삼을 한 마리씩 잡을 때마다 신이 나서 고함을 질러댔다. 해삼 잡이로 끝냈으면 탈이 없었을 것이었다. 밀물 위로 고개를 주억거리는 가사리와 청각 등의 해초를 보고, '점심때 먹은 식당의 반찬 중에 가사리, 청각 무침이 그리 맛있을 수가 없었다.'는 여동생의 말에 나는 발을 더듬으며 자꾸만 깊은 물속으로 들어갔다. 먼 곳을 보니 물 위에 찹쌀부꾸미 크기의 하얀 것이 둥둥 떠있었다. '뭘까?' 궁금했지만 해초를 따느라 금방 잊었다. 우리는 과자와 과일을 넣어왔던 비닐봉지 두 개에 해초를 가득 채워 넣었다. 물살을 헤치며 나오려는데 팔꿈치에 바늘이 꽂히는 것처럼 따끔했다. 팔을 펴보니 아무래도 열 군데는 물린 것처럼 살갗이 부풀어 올랐다. 해충한테 물렸다는 생각에 갖고 다니던 연고를 발랐다. 그래도 아픔은 가시지 않고 불에 덴 것처럼 아렸다. 급히 짐을 챙겨 차를 몰았다. 온 몸이 가렵고 열이 나며 뭔가 목을 조여왔다. 가까운 친구 집으로 뛰어 들어가 비누로 샤워를 하고 물에 탄 매실엑기스를 큰 잔에 가득 마셨지만 소용이 없었다. 병원으로 갔다. 110의 혈압 수치가 160이나 되었다.

그날따라 집으로 돌아오는 길이 어찌나 밀리는지 사고가 나서 두어 군데 차가 망가져 있고 앰뷸런스달리는 소리가 들렸다. 땀을 비 오듯이 흘리며 통증을 참고 있는 차안은 감옥이었다. '혈압 강하제라고 맞은 주사는 어떻게 된 걸까.' 몸속으로 바늘이 돌아다니는 것 같았다.

집에 도착하자 바로 종합병원 응급실로 갔다. 다행이 혈압은 정상수치로 돌아와 있었다. 해파리에 쏘인 데는 별다른 약이 없다고 했다. 아픈 몸을 손으로 만지며 신음소리가 절로 나와 누워 있을 수도 없었다. 퍼뜩, 이러다 죽겠다는 생각이 들었다. '내가 정리해야 될 일이 뭐지?' 남은 일이 있었다. 아이 둘의 결혼이었다. 그것은 내가 책임지지 않으면 안 되는 일이었다. "여기요! 링거 주사라도 놔주세요! 진통제도 좀." 조금 지나자 주사액이 몸속의 독을 씻어내는지 아니면 진통제 덕분인지 목을 조여 오는 증세가 조금 가라앉는 것 같았다. 집으로 돌아왔지만 그날 밤은 뜬눈으로 밤을 새웠다. 삼일이 지나자 통증은 삭았지만 천식환자 같은 기침이 계속 나왔다.

해파리의 독이 가시지 않은 시퍼렇게 멍든 팔꿈치를 본 주위사람들은 "밤중에도 바다만 보면 뛰어들더니 한번은 탈날 줄 알았다."며 지난여름 해수욕장에서 밤바다에 뛰어들던 때를 떠올리며 놀렸다.

꼬박 열흘을 앓고 해안도로를 운전하면서 푸른 바다가 보이자 또 바다에 뛰어 들어가고 싶은 생각에 혼자 피식 웃었다. 망각이란 때로 얼마나 고마운 것인가. 나이 들면서 잊음이 많아지는 것은 장수하는 비결이 아닌가하는 생각이 들었다. 그 빈곳에 새로운 생각을 채울 수 있으니.

마음과 몸에 켜켜로 쌓인 때를 씻고 넘실대는 파도위로 마알간 풍경들을 바라볼 수 있는 바다는 내 소중한 추억과 꿈이 어린, 언제나 그리운 곳이다. 나르키소스의 샘처럼.

잃어버린 계절

햇빛 밝은 날 오후, 베란다 창문이 덜컹거리는 소리에 옷을 단단히 입고 외출 준비를 하였다. 현관문을 열고 복도에 얼굴만 빼꼼 내밀어 본다. 볼이 쌀랑하다. 다시 들어와 모자를 쓰고 목도리도 하였다. 올 들어 제일 춥다는 일기예보를 연 사흘째 듣는다. 괜스레 가슴이 시려온다. 예전엔 추우면 손끝이나 발끝부터 시렸지만 일기예보를 미리 듣는 요즘은 가슴속부터 떨려오는 것 같다.

아파트 이층계단을 외출해서 해야 될 일들을 머릿속에 떠올리며 한 발 두 발 계단을 내려갔다. 일층 통로의 출입구에서부터 휭— 하니 매운 찬바람이 몰아쳤다. 장갑 낀 손으로 두 볼을 감싸며 머리를 숙였다.

그런데 그 순간 '어!' 하는 신음소리가 입 밖으로 튀어나왔다. 맨 마지막 계단의 구석진 곳에 검지 두 마디 길이의 나방이 붙어 있었던 것이다. '지금 철이 어느 땐데 죽었나?' 발로 살짝 밀어보았다. 날개가 가냘프게 떨렸다. '살았구나.' 어쩔까 망설이다가 다시 계단을 오르기가 귀찮아서 밖으로 나와버렸다.

동네 시장에서 도라지와 시금치를 살 때도 추위에 떨고 있을 잿빛나방이 언뜻 생각났지만 애써 떨치고 시내로 나갔다. 볼일을 본 후 종종 들르는 친구네 옷가게로 갔다. 서너 사람이 모여서 세상 살아가는 이야기를 재미있게 하고 있었다. 해가 없는 지하 상가는 시간을 헤아리기가 쉽지 않다. 이런저런 수다를 떨다가 휴대폰 뚜껑을 보니 벌써 오후 여섯시가 넘었다. 문득 자신도 모르는 사이에 누군가 나를 기다리고 있는 것 같은 초조감에 휩싸이고 있었다. 쫓기는 기분으로 운전을 하며 집으로 왔다.

첫 번째 계단의 구석진 그곳에는 아직까지 나방이 붙어 있었다. '누구라도 데려 갔으면 좋았을 걸. 지금까지 추위에 떨고 있었구나.'

오랜 추억의 한 언저리, 내 뒤를 그림자처럼 따라다니던 남자가 있었다. 나를 좋아한다던 오빠의 친구였던 그 사람과의 만남은 엄마와 오빠의 반대로 끝내 이루어질 수 없었다.

동지섣달의 달 밝은 어느 날, 귀가 시리고 뱃속까지 떨리던 추운 날씨였다. 결혼 준비로 이모와 함께 시내에서 물건을 사다가 긴 검정 코트를 입고 가로등 옆에 붙어 서서 나를 바라보고 서 있는 그 사람을 보았다. 가로등 불빛 때문인지 추운 날씨에 얼어붙은 달빛 탓인지 파리한 그 사람의 볼을 달려가서 감싸주고 싶었지만, 나는 그렇게 하지 못하였다.

손가방에서 화장지를 찾아내어 나방을 감싸 쥐었다. 독수리 모양을 닮은 나방의 길고 짧은 다리가 파르르 떨린다. 어떻게 지금까지 살아있을까? 우리 집 아파트 베란다에 놓아둔 관음죽 화분 위에 나방을 내려놓았다. 영하의 날씨 속에서 거의 한 달을 견뎌 낸 나방이 파란 관음죽 잎사귀를 보며 여름을 꿈꾸지 않을까 하는 생각에서였다. 아마 지난여름 계속되는 무더위에 진저리치며 서늘한 아파트 지하실로 날아들었을 것이다. 햇빛이 안 드는 그곳엔 계절의 감각을 느끼지 못한다. 내가 지하상가에서 시간을 가늠할 수 없었던 것처럼. 몸속에 파고드는 추위를 참지 못하여 혼신의 힘을 다해 지하실 계단을 기어 올라온 것은 아닐까? 가을날, 나뭇잎의 여행길에 같이 떠났다면 이런 추위는 겪지 않아도 될 것을….

사람이나 한낱 미물까지도 떠날 때가 되면 떠나야 한다. 없어야 할 자리에 놓여 있는 것은 하찮은 그릇 하나라도 거슬린다. 하물며 함부로 어쩌지 못하는 생명을 지니고 망령이라도 든다면 낭패가 아닐 수 없다. 푸른 나뭇잎도 햇볕에 익고 소슬바람에 떨어져야 봄에 싹이 돋듯이 때를 알고 떠나간다는 것은 또 다른 생명을 창조하는 것이 아닐까? 떠날 때를 알고 떠나는 것은 애잔하지만 아름답다. 관음죽 아래 놓아둔 나방이 알이라도 까기를 바라며 화장지를 이불처럼 덮어 주었다.

망각의 늪

노오란 은행잎이 눈처럼 날린다. 꽃이나 잎이 예쁘게 필 때보다 아름다운 색깔로 물들어서 질 때의 멋스러움은 애잔하면서도 긴 여운을 남긴다.

고개를 푹 숙인 정희의 어깨가 들썩인다. 가을 초입에 일흔을 갓 넘긴 아버지를 요양소에 맡긴 후로는 밝게 웃는 모습을 볼 수가 없다. 즐기던 취미생활도 흥미를 잃고 늘 우울감에 빠져 있다.

아직 치매에 대한 원인을 모르고 뚜렷한 치료제가 없는 시점에서 환자와 보호자들은 절망할 수밖에 없는 일이다.

삼십 년 전, 이십대 초반이었던 그녀는 동생 넷을 데리고 우리 집에서 자취를 하였다. 가끔 시골서 올라와 살갑게 보살펴 주시던 정희의 아버지는 정겹고 매사에 적극적인 성격이었다. 자신보다 가족들을 우선으로 돌보며 몸을 아끼지 않아서 그녀의 형제들은 어머니보다 아버지를 더 따랐다.

오 년 전, 그녀는 아버지의 병명을 듣고 치료를 시작했고 마지막 희망의 끈을 놓지 않았는데 지금은 어찌 할 수 없는 상황이 되어 버렸다. 아무도 알아보지 못하고 허둥대며 한밤중에 밖으로 뛰쳐나가는 아버지를 부부인 어머니조차 외면하였다. 어쩌다 기억이 돌아와도 아내가 여동생으로 딸이 아내로 보이는 것 같다고 한다. 어머니에 대한 원망도 생기고 정겨웠던 가족관계도 무너져 버렸다.

내게도 가슴 아픈 기억이 있다. 내가 어릴 적부터 할머니는 두통 때문에 흰 가루약을 종종 드셨다. 자그마한 체격에 항상 잘 손질된 한복을 입으셨고 워낙 깔끔하셔서 몸을 씻지 않으면 할머니 방에 들어 갈 수가 없었다. 내가 좀 까탈이 심한 것은 할머니와 같은 방을 썼던 그때의 영향 때문이 아닌가 싶기도 하다.

평소에 소식(小食)을 하시던 할머니의 식사량이 차츰 많아지더니 부엌 출입이 잦아졌다. 그런 후, 폭식을 한 후에도 밥을 굶어 배가 고파 죽겠다고 고함을 질렀다. 낮과 밤이 바뀌고 추운 날에도 밤이 되면 흰 자리옷을 입고 쪽머리를 푼 채 마당에서 지내시기 때문에 우리 형제들은 기겁을 했다. 그래도 나만은 같은 방을 쓴 정 때문인지 학교 갈 때면 꼭 할머니방인 큰방 문을 열고 인사를 드렸다. 대답 없이 등을 돌려 누워있기만 하던 할머니 대신 벽에 걸린 액자 속의 시, 김춘수의 〈꽃〉을 읽어보고는 살그머니 문을 닫곤 했다. 시의 구절 밑그림으로 하얀 백합과 붉은 장미가 그려져 있었는데 액자의 유리 위에 오물 묻은 할머니의 손자욱이 많아질수록 병세는 더욱 심해졌다. 집안의 분위기는 암울했고 아버지와 어머니가 번갈아 방청소를 해 드렸다. 2년이 다 되어가던 어느 날, 할머니는 자리를 털고 일어나셨다. 풀어 흐트러진 머리부터 가다듬고 어머니의 손을 잡으며 "고맙다"고 하시더니 사흘 후, 편안히 눈을 감으셨다.

할머니 방의 모든 집기는 악취 때문에 쓸 수가 없었다. 나는 방의 액자를 떼어 깨끗이 닦아 꽃이 그려진 시의 전문을 태우며 장미와 백합처럼 할머니의 영혼이 아름답게 다시 피어나길 빌었다. 오월에 돌아가신 할머니의 산소 옆, 흐드러지게 피었던 찔레꽃은 꼭 할머니처럼 단아하면서 깔끔했다. 찔레꽃을 보면 할머니가 떠오르고 겨울밤의 옛이야기와 내가 미처 잠들기도 전에 이불을 다독거려 주시던 따스함은 지금도 간혹 생각이 난다.

살아있는 동안 가장 두려운 것은 세상으로부터 격리되는 것이 아닐까. 매일 보았던 주위의 풍경과 몇십 년을 한 지붕 아래서 같이 살아온 정든 가족들이 어느 순간에 낯설어진다면 어찌해야 할까. 그렇게 생각하면 모든 것들이 소중하고 예사롭게 보이지 않는다.

언젠가 친구가 병문안을 다녀와서 "치매에 걸린 환자가 전혀 알 수 없는 이야기를 하며 욕설을 늘어놓는다." 며 젊고 건강할 때 조심스레 살아야 한다는 말을 했다. 판단과 분별을 흐리게 하여 많은 사람들을 불행에 빠뜨리는 치매는 무엇을 조심하고 어떻게 살아야 걸리지 않는 것일까. 아무리 의술이 발달해도 가족의 병력을 무시할 수 없는 일이고 보면 무서워질 때가 있다.

평생 살아온 삶을 노망(老妄)이 아닌 아름다운 로망(roman)으로 끝을 맺는다면 남겨진 가족들을 아프게 하지 않고 편히 눈을 감을 수 있지 않을까. 그리되려면 가슴속에 응어리진 나쁜 기억들을 비워서 머릿속을 맑혀야 한다. 모든 일을 긍정적이고 편하게 생각하며 로맨틱하게 살도록 노력하면 치매라는 화살을 피할 수 있지 않겠는가.

오진과 오해

진한 쪽빛의 맑은 가을하늘이다. 코끝을 찡하게 만드는 그리움에 먼 산을 본다. 오진으로 치료시기를 놓쳐버린 어머니와 오빠를 이맘때쯤 잃어서 해마다 앓는 계절병이다. 지난날의 슬픔은 망각이란 장막에 차츰 가려져 아픔이 줄어들긴 하지만 그리움의 가슴앓이는 살아 있는 동안 반복되리라.

사람은 저마다 특유의 냄새가 있다. 그 체취를 은은한 향으로 만들기는 쉽지 않다. 화장품을 바른 인위적인 향이 아니라 품성이나 행동에서 드러나는 향기다. 자신보다 남을 배려하는 말 한마디나 마음씀씀이, 상냥하게 미소 짓는 일은 쉬운 것 같지만 마음 수행이 잘되지 않으면 쉽지 않은 일이다.

몇 년 전에 동생처럼 허물없이 지내는 J가 K병원에서 종합검진을 했다며 내게도 권했다. 검사 도중에 발견된 대장의 작은 용종을 수술하였다. 아무것도 먹지 못하고 얼굴조차 씻지 않았다. 힘없이 링거를 맞는데 "참 예쁘네요" 라는 담당 닥터의 말에 얼굴이 달아올랐다. 지저분하고 입술이 바짝 말라 갈라져 있을 내 모습이 부끄러웠다. 링거를 달고 화장실의 거울 앞에 선 내 모습은 깡말라 핏기 없는 중년 여인으로 낯설어 보였다. '아마 주의사항을 잘 지키고 정해진 시간에 약을 잘 챙겨 먹어서겠지' 생각했다. 그래도 기분이 좋아서 거즈에 물을 묻혀 입술을 적시고 며칠 씻지 않은 머리카락도 매만졌다. 침대 위의 생활도 지루하지 않았고 예정일보다 하루 빨리 퇴원을 할 수 있었다. 그분은 만나는 환자마다 "인상이 좋네요." "오늘 기분은 좀 어때요?"라며 환자를 그냥 지나치는 법이 없었다. 많은 환자들에게 시달려 피곤할 텐데 전혀 그런 기색을 드러내지 않았다.

시골집 동네 앞의 타작마당엔 이백 년이 넘은 느티나무가 있다. 동네 사람들은 그 아래에 나무 평상을 놓고 더운 여름날에는 늘 그곳에서 지낸다. 느티나무가 부르지 않아도 시원한 그늘을 찾아서 모여든다.

바위나 나무가 오래 될수록 가치 있고 돋보이는 것은 세월이 할퀴고 간 흔적 때문일 것이다. 숱한 비바람의 아픔도 버티며 오롯이 자신을 지켜낸 늠름함에 사람들은 천년바위나 고목을 닮고 싶어 한다. 야생화는 어떠한가. 비탈길에 무더기로 핀 구절초는 때가 되면 꽃을 피우고 바람에 흔들리며 꽃잎을 날릴 뿐, 누구를 원망하거나 자신의 처지를 비관하지 않는다. 그런 모습에서 흐트러지는 내 마음을 다잡는다. 그래서 자신을 정화시키기 위하여 자연을 찾으며 전원생활을 꿈꾸기도 한다.

나이가 들수록 위급한 때를 대비해서 십분 안에 병원에 닿을 수 있는 집이 좋다고 한다. 공기 맑은 시골에 살고 싶지만 그런 이유 때문에 쉽게 결정을 못하는 사람들도 많은 것 같다. 제일 소중한 게 건강이기 때문이다. 작은 마을에도 쉽게 진료를 받을 수 있는 의료시설이 구비되어 있으면 좋으련만.

오해는 세월이 가면 풀어질 수 있고 마음만 바꾸면 금방 상대방을 이해하게 되지만 오진으로 잃어버린 생명은 되살릴 수가 없지 않는가. 남아있는 가족들이 겪는 아픔까지 생각한다면 오진한 닥터의 보이지 않는 죄는 이루 말할 수 없을 정도다. 돈을 받고 치료해 준다는 상술로 환자를 대하지 말고 내 가족, 자신의 아픔으로 받아들여 사랑하는 마음으로 치료한다면 오진을 줄일 수 있지 않을까. 품이 넉넉한 느티나무처럼 아무나 안길 수 있고 시원한 그늘로 품어 줄 수 있는 사람이라면 그런 실수는 없을 것 같다.

이기적인 생각으로 혼자만 잘 사는 게 아니라 기쁨과 아픔을 서로 나누며 사는 게 웰빙이라는 생각이 든다. 아무에게나 사랑을 줄 수 있을 때가 행복하고 그러는 자신이 아름다워지는 것 같기 때문이다.

벌교역에서

초여름의 점심밥은 온몸을 후텁지근하게 달구었다. 기대했던 꼬막반찬은 제철이 지난 탓에 먹지 못했다. 바쁜 걸음으로 광장을 가로질러 역구내에 들어서자 바람이 반갑게 달려들었다. 문은 활짝 열려 있었다. 항시 걸림 없이 드나들 수 있는 기억의 차일처럼.

개찰구를 나서자 잘 가꾼 화초들만 방실거릴 뿐, 기차가 지나간 철로에는 침묵이 흘렀다. 아롱거리는 햇살 아래 휘돌아간 철길을 더듬다가 철로 위에 걸터앉아서 자갈을 던지며 노닥거리는 여자의 환영이 떠올랐다.

스무 살 때, 저녁이 되면 우리는 만났다. 특별한 일이 없어도 갯내음이 코를 간질이는 해안 길을 걷고 공원의 음악다실에서 차를 마신 뒤에 각자 집으로 돌아가는 것이 일과처럼 되었다.

여름이 끝날 때 쯤, 건너편에 앉아서 소곤대던 남학생들이 우리 자리로 옮겨 왔고 오빠친구인 찻집주인의 눈총을 받으며 같이 차를 마시고 헤어졌다. 그런 후에 친구를 만나기 어려웠다. 전화를 하면 바쁜 일이 있다며 둘러 대는 바람에 고개를 갸웃거렸다. 내가 뭘 잘못했는지 아무리 생각해도 기억이 나지 않았다. 그녀를 만날 수 없었던 가을이 도로 위에 나뒹구는 낙엽처럼 황량했고 왠지 모를 배신감마저 느껴져서 우울했다.

겨울 초입의 어느 날, 나이 든 사람들이 모여서 잘 가지 않는 지하다방에서 만나자는 그녀의 전화를 받았다. 불빛이 침침한 약속장소에 들어서자 웬 남학생과 그녀가 나란히 앉아 있었다. 상대에게 너무 부드럽고 다정한 태도가 내 친구가 아닌 낯선 여인으로 보였다.

그녀는 저녁마다 종착지의 끊어진 선로 위에 앉아서 고개 숙인 다알리아와 씨 맺는 맨드라미, 봉선화를 벗하며 기차에서 내리는 남학생을 기다렸다고 하였다. 차를 마시며 의미 있는 눈길로 나를 바라보는 남학생의 모습에 파르르 불꽃이 일던 그녀의 눈빛이 안타까워 일부러 컴프리차를 엎질렀던 기억이 되살아난다.

멀어지고 가까워오는 기적소리가 우리에게 상반되는 감정을 일으키지만 결국 가슴속에 남듯이, 이별과 만남이 교차되는 기차역 같은 일상도 기억의 한 자락으로 남아서 그리워하게 되리라.

저 멀리 기적소리가 들린다.

타인의 방

제비꽃이 앙증맞은 흰 꽃망울을 터뜨리면 메말랐던 가지들마다 연둣빛 새순이 돋는다. 연분홍진달래가 호젓하게 피고 서산마루에 초승달이 걸리면 정든 이들을 향한 애절한 그리움은 백목련처럼 피어난다.

알 수 없는 그리움에 서글퍼지는 마음쯤은 뚝 떨어져버리는 동백처럼 고개를 저으며 잠재울 수 있지만 어머니의 생각에 안타까운 마음은 봄날 내내 꽃구름에 잠긴 듯 벗어날 수가 없다.

사춘기 때, 외향적인 성격의 어머니를 이해할 수 없어서 며칠씩 말도 않고 고집을 부릴 때가 많았다. 성격이 맞지 않아 서로 다툴 때면 늘 바람막이 역할은 아버지 몫이었다. 낮에는 여장부 같은 어머니가 저녁때 퇴근하신 아버지를 대하는 모습은 전혀 달라져 부드러운 여자로 변하는 것도 이해되지 않았다.

모든 사물이나 다른 사람의 생각이 나와 같거니 여겼다. 하지만 사람들은 저마다 성질이 다르다. 같은 부모님을 둔 형제일지라도 제각기 다른 환경에서 자라기도 하고 사회적인 여건과 사물을 보고 판단하는 능력도 다를 수밖에 없다. 사람뿐인가 모든 물질의 성질도 같은 것이 없지 않은가.

나이 들어서인지 이제는 어머니를 이해할 수 있을 것 같다. 자라면서 맏이의 책임을 감내하고 어려운 사람을 보면 도와야 하는 정이 많은 성격까지. 응석을 부리며 도움만 받았던 내가 아니라 어머니등도 다독거리며 부대꼈던 마음도 풀어드리고 싶은데 다른 세상으로 가신 지 오래 되었다.

간혹 가까웠던 이들의 낯선 행동에 가슴앓이를 한다. 내 이기심 때문인지도 모르지만 속내를 다 드러내고 편하게 지냈던 이가 시퍼렇게 날이 선 칼날 같은 성격들을 드러내면 실망감에 마음이 찢기는 듯한 상처를 입는다. 하지만 전과는 달리 쉽게 체념해지고 마음의 문을 닫을 수가 있다.

나이가 들수록 성숙해진다는 말은 여유로워진 마음의 상태를 의미하는가보다. 상대를 탓하기 전에 내 자신을 돌아보게 되고 돌 틈에 핀 잡초 앞에서 겸손을 배우며 생명의 소중함에 고개를 주억거리게 된다.

풀리지 않는 어지러운 문제에 직면하면 가족들에게 내 복잡한 심경을 토로하고 답을 구할 때가 있다. 그러면 냉정하게 딱 결론을 지어 주기도 한다. 들을 때는 벌컥 화를 내지만 내 욕심을 배제시킨 아주 명쾌한 해답을 얻을 수가 있어서 곧잘 행한다.

부모들은 자식 아끼는 마음에 감싸주고 대신 마음 아파하지만 자식들은 부모의 잘못을 지적하며 고정된 사고의 틀에서 깨어나 현실을 직시해야 한다고 일깨워 준다. 인정에 끌리지 말고 현명하게 살라고 한다. 더불어 사는 사회생활이라 혼자만의 생각으로 살 수는 없는 일이고 매사에 조심하면서 돌다리도 두드려가며 지나야겠다고 다짐한다.

하지만 내 안에 들어있는 수많은 생각의 방에 자물쇠를 채울 수 없듯이 다른 이들의 마음의 방도 두드려 볼 일이다. 타인의 방은 신비스럽고 서로를 알고 믿으며 의지하는 것은 아름다운 일이기에.

낯선 곳에서 둥지 틀기

禪茶의 여백

먼지 나는 길 위에서 차 한 잔의 여유를 가져보았다. 한켠에 오랫동안 버려두었던 찻상 앞에 가식 없이 앉는다. 삶이라는 길 위에서 방황해 보지 않은 사람은 이 편안함을 모르리라. 다기를 정돈하며 찻상의 가운데는 비워둔다. 차를 마시고 차향으로 가득해진 정갈한 마음을 두기 위한 여백이다.

주전자의 끓인 물을 숙우에 붓는다. 주루룩……. 시냇물 소리다. 자태 고운 여인의 엉덩이 같은 숙우의 밑동을 두 손으로 받들며 차를 넣어둔 다관에 물을 붓는다. 여초록 찻잎이 물살에 여울대며 춤을 춘다. 다관의 뚜껑을 덮는다. 조용히 가다듬는 손짓, 그리고 마음.

나비의 여린 날갯짓처럼 살며시 다관을 기울여 찻잔에 차를 따른다. 또르르……. 낙숫물 소리다. 허리를 곧추 편다. 어디에도 걸림이 없는 자세로, 부딪쳐오는 바람까지 가슴으로 안으며 잔을 턱 앞으로 가져간다. 청순한 계집아이의 내음새가 온 몸에 봄빛으로 감겨든다. 차 한 모금을 혓바닥에 굴리며 삼킨다. 목젖을 타고 봄의 정기가 몸 안에 가득 찬다. 잔을 놓고 콧등이 보일 듯 말듯 시선을 아래로 두며, 양손가락을 연꽃모양으로 접어 자연스레 무릎 위에 둔다.

항시 변덕스런 내 마음을 찻상의 여백에 던진다. 그 곳에 눈길을 모아본다. 하지만 보이지 않는다. 애초에 마음이라는 것은 내 몸속의 여백이 아니었을까? 시도 때도 없이 변하는 철없는 아이 같은 마음은 빈 도화지에 그림을 그리듯, 비워있는 자리에 내가 그려 넣은 그림일 것이다.

비우면 채워진다는 것인가. 빈자리에 새로운 기운이 들어차려는지 손바닥 안으로 따뜻한 힘이 실린다. 아마 두서없이 그려 넣던 마음속의 그림을 던져낸 탓이리라. 합장하며, 다시 찻상 위에 던져두었던 마음을 찾는다. 없다. 잠시 눈앞이 환해졌을 뿐, 쉼 없이 또 다른 생각이 그림으로 그려진다.

다시 차를 마신다. 차향이, 어머니가 아끼시던 실크 스카프처럼 목젖에 감겨들며 내 안에 실없이 일고 있는 불길을 잠재운다.

세찬 소나기에 하얀 열기를 뿜어 올리는 유월의 거리, 플라타너스 잎사귀가 지나는 바람에게 가는 길을 묻고 있다.

낯선 곳에서 둥지 틀기

택시가 언덕배기 좁은 골목길로 기어오르기 시작한다. 앞에 보이는 것은 나지막하게 내려앉은 연푸른 하늘이다. 관악산의 쑥고개 아래에 좁은 골목 양쪽으로 이어진 집들은 한 뼘의 땅이라도 경작하려는 다랑이처럼 다닥다닥 붙어있다. 비워 둔 시골집이 생각났다. 넓은 마당가 묵은 감나무 위에 넉넉하게 지은 까치집이 떠올랐다.

서울에서 공부하는 아이들의 이층집은 외풍이 많고 허술했다. 추운 겨울이 오기 전에 이사하는 게 좋겠다고 아이들과 의논하였다. 그 집에서 벌써 네 번째의 겨울을 맞는 아이들과 주인 할머니는 정이 들었는지 그대로 지냈으면 하였지만 자주 온수 보일러가

터져서 아이들의 고생이 심한 터에 그냥 둘 수는 없었다.

집을 보러 나섰다. 마침 지하철역이 가까운 곳에 다세대주택 1층이 나와 있었다. 오후에 계약하기로 약속해놓고 패스트푸드점에 앉았다. 꼼꼼한 딸애가 그래도 두어 군데는 봐야 되지 않겠냐며 생활정보지를 펼치고 내 눈치를 본다. 모든 일을 쉽게 결정해 버리는 내 성격 탓에 춥고 더운 집에서 고생하는 아이들에게 미안한 마음도 있어서 그만 두자는 고집을 부릴 수가 없었다.

딸애는 봉천동과 신림동 두 곳에 동그라미를 그린다. 곧 졸업한다는 이유도 있지만 자신의 학교 옆인 신촌 쪽을 포기하고 대학원 다닐 오빠학교 근처에 방을 얻으려는 딸애가 기특하다. 삼십 평인 신림동은 평수에 비해서 세가 싸고 봉천동은 다세대 주택인데 두어 달 쓴 세탁기를 덤으로 준다는 것에 낡은 세탁기를 쓰고 있는 딸애의 눈길을 끈 것 같았다.

신림동의 좁은 골목길은 승용차 한 대가 겨우 다닐 수 있는 넓이였다. 숨 가쁘게 오르막길을 걸으며 찾아 들어간 집은 골목길보다 낮고 어두운 반 지하였다. 비가 오면 어김없이 물이 들어찰 것 같았다.

어릴 적, 앵두나무아래 큰 돌멩이를 들어내시던 아버지는 깜짝 놀라 엉덩방아를 찧으셨다. 채 눈도 뜨지 못하는 쥐새끼들이 뒤 뚱뒤뚱 맴을 돌고 있었다. 먹이를 잔뜩 물어다 놓은 어미 쥐가 어디서 우는지 찍찍거렸다. 갑자기 바람처럼 아버지의 발등 위로 지나가는 우리 집 터줏대감인 붉은 족제비. 아버지는 삽을 가져 오라고 고함을 지르셨다. 쥐새끼들을 삽으로 뜬 아버지는 물이 마른 개울가 돌 틈 사이에 넣어주었다.

골목에서는 지하지만 집 앞에서 보면 1층이라고 거듭 말하는 젊은 남자를 외면한 채 말 한마디 않고 돌아섰다.

우리는 한동안 말이 없었다. 아마 아이들도 내심 고생만 하였 다고 후회하고 있을 것이었다. 그만 되돌아가 약속한 집을 계약 하고 싶었지만 내친김에 공부밖에 모르고 살아 온 아이들에게 다 른 사람들의 사는 모습을 보여주고 싶었다. 한참동안 한길까지 걸어 내려와 겨우 택시를 잡아탔다. 세탁기를 덤으로 준다는 봉 천동의 다세대 주택을 보려고 고갯길로 기어오르는 택시 안에서 몸을 잔뜩 웅크린 채 앞 차창에 가득 들어차는 푸른 하늘만 바라 보다가 우리는 쑥고개에서 내렸다.

아래의 좁은 골목 양쪽으로 수많은 집들이 보였다. 한 장의 마 분지 위에 비좁게 만들어 붙인 종이 집 같은 크고 작은 집들이 하얀 시멘트 길을 마주한 채 마치 반죽을 많이 부은 빵 틀 속의 붕어빵처럼 다닥다닥 붙어있었다. 주소를 확인하고 초인종을 몇 번 눌렀다. 기척이 없다. 정보지에 적힌 번호로 전화를 하니 3층 주인집으로 가라고 한다.

3층에 올라가서 초인종을 눌렀다. 흐리멍덩한 눈빛의 젊은 여자가 밖을 내다본다. 자고 있었나보다. 아무것도 모른다며 고개를 흔든다. 다시 소개소에 전화를 걸어보니 주인집 딸이 정신이 이상해서 오락가락 한단다. 1층 현관 앞에서 잠시 머뭇거리던 우리는 뒤늦게 뛰어 내려오는 주인집 여자의 발자국소리를 뒤로하며 골목길로 나왔다.

초겨울 오후, 회색빛에 잠겨드는 하늘을 올려다보았다. 진한 물빛 고향 하늘이 떠올랐고 낯선 땅에서 나목처럼 서 있는 아이들이 안쓰러웠다. 지친 다리를 끌고 봉천동 쑥고개를 넘어오며 그나마 평지에서 1층 두 칸짜리 집을 계약하게 된 것에 안도하면서 촉촉이 땀이 밴 아들과 딸의 손을 잡고 힘껏 흔들었다. 좁기는 하지만 감나무 잎사귀 아래 새로 둥지를 튼 고향집 까치들을 생각하면서….

같은 하늘을 이고 우리는 저마다의 조건에 맞는 곳에서 둥지를 틀고 산다. 노숙자라도 그들의 가슴속에는 언제나 따뜻한 곳이 그립지 않을까. 애초에 가장 편안했던 어머니의 둥지를 잊을 수 없기에.

구름동산에서

    비행기가 터덜거리며 활주로를 달린다. 목이 뒤로 젖혀지며 비상하기 시작한다. 오르고 또 오른다. 잠시 전에 내가 있던 곳이 한 폭의 그림으로 보인다. 어지러워 눈을 감는다. 영혼이 육체를 이탈하면 어떤 느낌일까. 내 눈에는 보이는데 상대방은 알아보지 못하는 그런 상황이 되는 것일까. 자맥질을 하듯이 멈칫거리던 비행기가 편안해졌다.

    구름세상이다. 밑에는 비가 와도 구름 위에는 노을빛 햇볕이 노닥거린다. 수많은 형태의 군상들. 지금껏 스쳐간 많은 인연들이 떠오른다. 부대끼며 정들었던 사람들. 멀리 있어도 그리운 이가 있는가 하면 스치기만 해도 상처를 입는 사이도 있다. 언젠가는 저 구름처럼 형체도 없이 다 흩어지련만 자존심에 얽매여 바둥거린다. 모두들 마음속의 찌들고 묵은 때들을 장밋빛으로 물든 저 구름밭에 풀어 놓으면 어떨까. 미움과 사랑이 흩어지고 씻기어 해맑아져서 사는 동안의 남은 나날들이 좀 더 즐겁지 않겠는가.

상념에 젖은 잠깐의 시간동안 마치 다른 세상에 와 있는 느낌이 든다. 불가에서는 삼십삼천이 있다고 한다. 내가 사는 곳은 몇 천의 세상이며 이곳은 어디쯤일까. 깨달음의 깊이를 이르는 정신의 세계를 뜻하는 것이겠지만 이리 높이 있으니 만물이 사는 세계가 다 달리 있는 것 같은 생각이 든다. 발아래 밟히는 개미 한 마리라도 조심할 일이다.

승무원의 안내방송과 함께 비행기는 낙하한다. 아찔한 현기증에 눈을 감는다. 차창 아래로 짙푸른 바다가 펼쳐져 있다.

초록빛 물결이 찰싹이던 바닷가 찻집의 고즈넉한 풍경과 그곳의 마룻바닥을 서툰 걸음으로 내달리던 꼬맹이 계집아이의 까르륵거리는 웃음소리가 떠올라 즐거워진다.

휴가철이라 복잡한 공항을 서둘러 빠져 나오며 택시 승강장 앞에 길게 늘어선 사람들의 행렬에 줄을 선다. 늘 바쁘게 가슴을 콩닥거리며 조바심을 내는 모습을 누가 지켜보기라도 하듯이 가

슴을 두드리며 '조심하며 천천히'를 되뇌인다. 늘어 선 야자수의
부챗살 같은 잎이 바람에 실리어 한가롭다.

코리언 타임

이십 년 만의 만남이었다. 소식을 몰랐던 여고 동창생을 초등학교 동창회에서 본 것이다. 가족들의 안부를 물으며 우린 얼굴을 마주보았다. 서로의 모습에서 그동안 쌓인 세월의 흔적을 훑어보았다. 옥의 얼굴에 잔주름이 촘촘하다. 내 모습도 그러하리라. 이래서 동창생은 언제보아도 편하고 정겨운가 보다. 아직 얼굴 한켠에 짓궂은 익살기가 남아있는 친구의 눈을 마주보다가 터지는 웃음을 참을 수가 없었다. 잊히지 않는 옛 일이 떠올랐기 때문이다.

겨울 방학을 앞두고 마지막 기말시험이 끝나자, 반 아이들은 졸업생이나 된 것처럼 지각을 많이 하였다. 어떤 아이들은 집안

일을 핑계로 수업을 한두 시간씩 빼먹기도 하였는데 나와 친구들 몇은 그럴 수가 없었다. 개근상 때문이었다. 삼년 동안의 개근상은 상장과 제법 두꺼운 사전을 한 권 주기 때문이다. 그때의 우리는 상장보다는 묵직한 사전에 눈독을 들이고 있었다. 졸업식 날이면 누구나 사진을 찍는데 왼손엔 꽃다발을 안고 오른손엔 묵직한 사전 한 권쯤은 들어야 폼이 났다. '졸업장 하나만 달랑 들고 카메라 앞에 설 수 없다'는 것이 우리의 공통된 자존심이었다. 삼 년 우등상도 같은 사전을 받았지만 언감생심 꿈도 못 꿀 처지니 개근상에 목을 매는 것은 당연한 일이었다.

어느 날, 전날 빨아 두었던 흰 칼라를 다려서 꿰매 입느라 십분 정도 지각을 했다. 지도 주임을 맡은 박 선생님은 매일 아침 교문을 지키셨는데 "지각 세 번이면 결석 한 번으로 간주한다!"며 회초리로 손바닥을 탁탁 치시며 쌍꺼풀진 눈을 크게 뜨고 겁을 주셨다. 사전을 받기 위해선 하루도 등교시간을 어길 수는 없었다. 물론 조퇴도 안 되고 점심시간 때 쉽게 할 수 있는 외출도 하지 못했다. 박 선생님에 대한 감정은 영화 〈로미오와 줄리엣〉을 몰래 숨어보면서 들킨 이래로 최악이었다. 그래서 언젠가 한번은 골탕을 먹여야 된다고 대부분의 반 아이들이 벼르고 있었다.

그 해 겨울, 걸핏하면 우리 집 아래채에 모여서 뜨뜻한 구들에 몸을 녹이던 옥과 정희 우리 세 사람은 머리를 싸매고 궁리를 한 끝에 졸업식 날 아침에 지각을 하기로 다짐을 했다. 숙녀의 체면 유지를 위해 약속시간에서 오 분정도 늦는 것을 코리언 타임이라 한다면 그동안 박 선생님한테 시달린 것에 대한 보복으로 우린 오십 분 늦게 졸업식장에 나타나기로 합의했다. 설마 아무리 무서운 박 선생님도 그날만은 어쩔 수 없을 것이라며 머리를 맞대고 웃었다.

　졸업식 날 아침, 아지트인 우리 집 아랫방에 모여 자꾸만 불안해지는 마음에 쥐포를 매운 고추장에 찍어먹으면서 시간을 보냈다. 채 삼십 분을 못 넘겨 어머니의 등쌀에 대문 밖으로 쫓겨난 우리는 학교로 달렸다. 다른 날 같으면 담장 사이로 난 매점의 간이 문으로 숨어들어 갔겠지만 당당하게 가슴을 쫙 펴고 교문으로 들어갔다. 눈에 힘을 잔뜩 넣고 박 선생님을 찾았지만 보이지 않았다. 운동장에 열을 지어 서 있던 아이들이 '빨리 오라고 손짓을 했다. 개근상을 대표로 받을 정희를 찾고 있었던 것이다. 우리는 혀를 쏙 내밀며 얼른 반 아이들 속으로 들어갔다. 담임선생님은 화가 나서 붉으락푸르락 어쩔 줄 모르셨다. 호랑이 같은 박

선생님을 화나게 하려던 계획이 담임선생님한테 피해를 준 것 같아 괜히 미안하였다.

졸업식 다음날, 우리는 약주 한 병을 사 들고 담임선생님을 찾아뵈었다. 헤어지면서는 '한번 개근생은 영원한 개근생!'이라고 외치면서 서로의 손바닥을 부딪쳤다. 그리고 '착하게 살자'고 다짐했었다.

약속시간을 정확하게 지키는 것은 그 사람의 신용도와 관계가 있다고 생각한다. 더구나 중요한 일에서의 어쭙잖은 코리언 타임은 돌이킬 수 없는 후회를 낳을 수도 있다는 것을 일찍이 경험한 것에서 알 수 있었다.

한 뼘의 거리

　사람들과의 사이에는 지켜야 할 선이 있고 더 이상 다가서지 말아야 할 거리가 있다는 생각이 든다. 자식들과의 사이도 그런 것 같다.

　초봄에 이사를 하고 곧 시작된 장마와 연신 쏟아지는 장대비 속에서 정신없이 여름을 넘겼다. 모든 일에 서투른 시골생활이라 몸으로 부딪히며 체험할 수밖에 없었다. 다행히 집성촌의 동네사람들은 조상 분들의 은혜를 입었다며 따뜻하게 대해 주었다. 작년에 서둔 씨앗을 가져와 텃밭을 일구는 시기와 심는 방법까지 가르쳐 주고 선산과 비워둔 집을 지키려고 고향으로 들어온 우리를 격려했다.

이른 추석이지만 밤나무는 송이를 달기 시작하고 일찍 익는 올밤나무 아래엔 알밤이 떨어졌다. 새벽같이 일어나는 마을사람들은 부대에 뭘 잔뜩 담아서 농협집하장으로 가져갔다. 차를 타고 지나며 본 '알밤수매'라는 플랜카드가 생각났다. 십년 넘게 비워둔 사이 병풍처럼 빙 둘러있는 뒷산의 밤나무는 남의 것이 되어 있었다.

지금까지 시골일은 남에게 내어주고 해보지 않아서 직접 하기엔 용기가 필요했지만 올해만 수확을 하고 말아도 주인이 있다는 걸 보여주어야겠다고 마음을 다잡았다.

'내가 할 수 있을까' 한 이틀 고민을 하다가 허리를 삐끗한 남편에게 "봄에 다니던 산책로를 한번 걸어봅시다. 걸으면 나을 수도 있대요." 집 뒤로 올라가는 길은 남의 눈에 띄지 않아 운동하기에 좋고 여름 내내 쏟아진 장대비로 산사태가 난 앞산은 포클레인으로 길을 내어 걷기가 편했다.

산길에는 간간히 밤송이가 떨어져 있고 알밤도 흩어져 있었다. 알밤을 줍는 내게 "그만 내려가자."고 그는 졸랐다. 몇 개만 주워보라고 달래며 내 배낭 안에 밤을 주워 넣었다. 집에 오자 배낭 안의 밤을 차에 싣고는 "맛있는 거 먹자"며 집을 나섰다.

차를 밤 수매장 앞에 세우자 그는 질겁을 했다. 작업복차림에 거길 어찌 가냐며 "꼭 가려면 혼자 가라"고 했다. 그 말을 뒤로하며 집하장으로 들어가 주운 밤을 저울에 달았다. 환한 얼굴로 밤 무게와 금액이 적힌 전표를 차안으로 쑥 디밀자 그는 신기한 듯이 전표와 내 얼굴을 번갈아 쳐다보았다.

다음날, 찜찜하게 따라 나서던 그가 사흘이 지나자 아픈 허리도 나았다며 알밤 줍기에 열심이었다. 우리는 외출도 않은 채 보름간 밤을 주워서 매일 매상을 올렸다. 힘들었지만 재미있었고 평상시 있던 관절통도 없어졌다.

잠들기 전, 눈을 감으면 가시가 송송 난 밤송이가 가득히 보이더니 결국 눈동자에 모세혈관이 터져 안과에 갔다. 밤송이를 쳐다보기만 해도 상처가 나는데 남이 욕하는 말을 내가 듣지 않아도 어딘가에 상처가 나지 않을까 하는 생각이 들었다.

'좋은 일은 남하고 나누고 궂은일에는 혈육이 함께 한다'는 말이 있다. 걱정스러워 전화로 매일 안부를 묻던 여동생과 멀리 있는 자식들을 안심시켰다.

해마다 시골의 수확기가 되면 나누고, 서로 도우며 가까이 지낸 이가 있다. 눈에서 멀어지면 마음도 멀어진다고 했던가. 서로의 생활환경이 다르고 기후가 좋지 않았던 올해의 날씨 탓에 작황이 좋지 않아 채소나 모든 열매를 별로 거두지 못했다. 별 나눌게 없어 챙겨주지 못했는데 가을이 지나자 사이가 점차 멀어지는 것 같다.

한 뼘의 거리라도 두고 상대방을 살피고 이해할 수 있는 여유를 가진다면 서로가 편할 텐데 내 처지만 생각한 자신부터 반성할 일이다. 마음에 맞는 친구 얻기가 어디 쉬운 일인가. 나무그늘을 벗어나 땡볕에 나가서야 그늘의 고마움을 알 수 있듯이 시간이 지나고 스스로를 돌아볼 여유가 생기면 서로 그립던 지난날로 돌아갈 수 있으리라.

낯모르는 그대에게

지금 축담 아래엔 봉선화가 한창입니다. 하지만 그 꽃을 으깨어 손톱 위에 얹어 볼 생각은 없습니다. 꽃잎의 순수함이 귀히여겨지기 때문이지요.

삼 년 전, 한밤중에 잠에서 깨어 뒤척이다가 '길거리에 나앉아 사람들에게 부대껴도 오염되지 않는 연꽃처럼 살 수 있을까' 하는 생뚱맞은 생각을 했습니다. 그럴 수 있을 것 같아 용기를 내어 조그마한 가게를 시작하였고 처음생각과는 달리 시간이 지날수록 자꾸만 많아지는 욕심에 과감히 정리를 해 버렸습니다. 그리고 버려진 듯 비워둔 시댁과 선산을 지키기 위해 시골로 이사를 했습니다.

이른 봄부터 시작된 집수리와 햇볕 아래의 바깥생활에 머리카락이 다 타버려 긴 머리를 싹둑 잘라야 했고, 자갈 깔린 마당에 발바닥이 부르트고 마루에서 마당까지 굴러 떨어지기도 했습니다. 몇 십 년의 아파트생활에 내 몸은 저항력 없는 바보가 되어 있었던 겁니다.

뒷산에 올라가 고사리며 취나물을 뜯어오고 쉴 새 없이 올라오는 죽순과 약초를 캐어다 장아찌며 엑기스를 담느라 새벽부터 밤까지 일했습니다. 애쓰는 딸이 안쓰러워 노안에 눈물을 글썽이시던 아버지와의 마지막 이별의 먹먹한 심정도 달빛이 내린 뜨락을 거닐며 삭혀내고는 합니다. 곱게 키운 딸이 시골 아낙네가 된 것이 부모로서는 마음 아픈 일이겠지요.

오월 어느 날, 사랑채 담장 사이로 푸른 꽃대가 쑥 고개를 디밀더니 붉고 화사한 꽃이 피었습니다. 가늘게 떨며 나비처럼 하늘거리는 요염함에 피곤함과 고가의 낯설음도 잊을 수 있었습니다. 달빛 아래의 아름다운 자태에 취해 글을 쓸 요량으로 재빨리 저녁을 챙기는데 집안으로 들어온 사촌시동생이 싱글거리며 붉은 꽃 한 송이를 불쑥 내밀었습니다. 아! 애절하도록 아리땁던 그 꽃을 꺾다니 짓궂은 시동생을 나무랐지만 이미 돌이킬 수 없는 일이었지요. 지하수를 받아 화병에 꽂았지만 토라진 소녀처럼 풀이 죽어 더 이상 요염한 나래짓은 볼 수 없었습니다.

다음날 일어나보니 푸른 꽃대에 씨방만 맺혀있고 꽃잎은 점점이 떨어져 말라있었습니다. 단 사흘간, 양귀비꽃과의 만남은 기쁨과 환희, 서글픔과 비애였습니다.

백낙천의 〈長恨歌〉 중에서 "天長地久有時盡 此恨綿綿無絶期(하늘은 길고 땅은 오래라도 다할 때가 있건만 마음에 품은 한은 끊일 날이 없다네)"라는 글귀가 떠올라 양귀비의 애절함이 가슴속에 스며들어 잠을 이룰 수 없었습니다.

당의 현종과 양귀비는 '공중을 나는 새가 되면 함께 나는 비익조가 되고 나무가 되면 두 나무 서로 가지가 맞붙어서 언제고 떨어지지 말자'고 맹세했다고 합니다. 어디서 꽃씨가 날아와 작년에 겨우 한 송이를 보았고 올해 핀 꽃을 꺾어버렸으니 언제 또 볼 수 있을까요.

지난 세월을 단면적으로 본다면 유년의 기쁨과 청춘의 환희, 노년의 슬픔과 비애를 삼일동안 양귀비와의 만남과 견주어서 생각하면 살면서 그리 화낼 일도 슬퍼할 일도 없는 것 같습니다.

마음에 남은 티끌을 줍듯, 종종 대빗자루를 들고 넓은 마당을 쓸어봅니다. 그러면 불쑥 내 안의 낯모르는 그대가 떠올라 흐트러진 내 모습이 멋쩍을 때 두서없는 글을 적어봅니다. 스스로 안정을 되찾고 싶어 가끔 그대에게 내 속내를 털어놓더라도 나무라지 말고 보아주세요. 갈 길은 아직 많이 남았고 늘 지켜주시던 어머니도 일찍 가셨기에 의지할 곳은 내안의 그대뿐인 듯합니다.

　어디서 무엇을 하든 늘 지켜보는 그대가 있어 참 든든합니다. 그럼 다시 만날 때까지 안녕.

생각의 향연

계절의 순환은 어김이 없다. 움츠리기만 하는 추위 속에서 매화가 피고 생강나무의 노란 꽃과 목련이 피더니 진달래, 복사꽃의 순서로 꽃들이 향기를 품어낸다.

안 사랑채 뜰에는 자두나무의 하얀 꽃이 눈처럼 피고 복사꽃과 백목련이 어우러졌다. 언덕의 대밭에는 늘어뜨려진 새 댓가지가 흔들리며 자두나무를 자꾸만 쓰다듬는다. 꽃을 못 피워 심술이라도 난 것일까. 자연을 벗 삼아 혼자 조용히 차를 마시는 시간은 마음을 가라앉히고 흔들리는 정체성을 찾을 수 있다.

〈思多太惛神〉

시아버님이 남기신 글귀가 족자에 걸려있다. '생각이 많으면 신체를 어지럽힌다.'는 뜻을 후손들에게 꼭 남기고 싶은 마음이 셨으리라. '잡다한 생각에 이끌리지 말고 마음을 곧게 가져야 한다.'는 말씀은 어떤 일을 앞두고 머리가 어지러울 때 도움이 된다. 많은 재산을 주신 것보다 경험과 학문으로 일궈낸 글귀를 남겨주신 것에 고마움을 느낀다.

간혹 내 안에는 상상도 못한 생각들이 들어 찰 때가 있다. 그 속에 갇혀서 괴로워하다가 또 다른 엉뚱한 생각에 빠져들면 거울 앞에 앉아서 가만히 들여다보며 '너 내가 맞니?' 하고는 피식 웃으며 본래의 마음을 찾기도 하지만 며칠이나 길게는 몇 달 동안 내가 만든 생각의 틀에 갇혀서 헤매기도 한다. 바쁘면 잊어버리지만 한가할 때면 자고 일어나서 잠이 들 때까지 생각에 젖어 있다. 어쩌면 잠이 들어서도 생각 속에 있는지 모른다.

아주 어렸던 여섯 살 때의 기억이 지금도 남아 있는 것을 보면 그때의 부끄러움이 대단했던 것 같다. 명절날, 방안에 모두 모여 띠 이야기를 하고 있는데 뱀띠, 개띠, 닭띠 등 모든 것이 사람의 생년에 해당하는 띠가 되는 깃이있다. 그때부터 나는 한동안 고민에 빠져서 풀잎을 보고도 이것은 누구의 띠가 될까. 방안의 장롱도 누구의 띠가 되겠지 하는 생각에 빠졌다.

다음 해 설날, 방안 가득 식구들이 모여서 나이와 띠 이야기가 나왔을 때 "그럼 이 장롱도 띠가 되겠네." 했더니 모두 깔깔 웃었다. 그때부터 내 별명이 장롱의 장자는 빼고 농띠가 되었다.

어른이 되어서도 한 번씩 놀림을 받았는데 "어린 것이 뭘 알았겠어요? 열두 가지의 가축이나 짐승들의 이름을 따서 띠를 정했다고 설명하셔야지. 그런 발상을 가진 것이 오히려 창의력이 있지 않아요?" 억울한 듯 어른들의 부주의를 지적한 후로는 놀림을 받지 않는다.

깊이 생각하지 않고 일을 하면 낭패를 본다. 지나친 생각은 몸에 해롭지만 적당한 생각은 사려 깊은 행동으로 드러나고 남에게 실수를 하지 않는 것 같다.

요즈음 성질이 급해져서 판단부터 내리는 경우가 있다. 조심스럽고 겁 많았던 본래의 성격은 어디로 갔을까. 살얼음 위를 걷듯이 모든 것에 신중해야겠다는 다짐을 한다.

쓸수록 힘겨운 글쓰기도 생각으로 시작되는 것이 아닌가. 그 생각이 꽃을 피우고 열매를 맺는 한 그루의 튼튼한 나무라는 작품으로 탄생하기까지는 열정적인 노력으로 수많은 가지치기의 퇴고가 있어야 생명력 있는 한 편의 작품으로 빛을 볼 수 있으리라.

머릿속에 남아있는 어젯밤의 영화 〈21그램〉에 빠져든다. 특이한 사건이나 등장인물들의 뚜렷한 개성도 보이지 않는 내용이었다. 제목이 무엇을 뜻하는지도 애매해서 좀 지루하였지만 21그램의 행방을 찾기 위해서 끝까지 보았다.

자꾸만 가져서 채우려고 애쓰는 일상의 연속들. 그 과정에서 일어나는 상대방과의 마찰. 그리고는 결국 다 놓아버리는 죽음. 아주 평범한 듯하지만 인간의 삶 속에 내재된 욕심의 무게에 깊은 의미를 부여하고자 함을 엿볼 수 있었다. 사람이 죽으면 몸무게에서 21그램이 빠진다고 한다. 그것은 흩어져버린 기운의 무게인가. 아니면 영혼의 무게일까. 미로를 헤매는 것처럼 정의를 내릴 수 없는 일이다. 고개를 흔들며 부질없이 일어나는 생각들을 지우며 차를 마신다.

뜨락의 붉은 동백꽃이 툭툭 지고 있다.

정지용을 찾아서

매번 가는 문학기행이지만 기대감에 가슴이 부푼다. 작가들의 사상과 세계관이 각기 달라서 그들의 열려있는 마음의 창을 들여다보고 내게 부족한 점은 보충할 수 있기 때문이다.

정지용의 생가는 전형적인 농촌이었다. 지금은 주택개량이 되어 반촌으로 변했지만 시 〈향수〉를 떠올리면 옛날의 목가적인 풍경이 눈앞에 생생이 펼쳐졌다. 평평한 들녘과 초가집의 아담한 돌담이 정겨워서 꿈에 그리는 어릴 적의 외갓집을 찾아간 느낌이었다.

집 왼쪽으로 실개천이 흐르던 외갓집은 봄이 되면 늘 붐볐다. 보리타작을 한 뒤에 쌓아둔 밀짚 단은 숨바꼭질 하는 우리의 아지트로 숨기에 좋았다. 푹 파묻혀서 부스럭거리지만 않으면 술래가 찾지 못했다. 놀이가 끝나면 털옷이나 머리카락에 붙은 짚을 떼어내며 서로 바라보고 깔깔댔다.

모내기 때의 새참은 감자를 숭숭 썰어 넣은 수제비였는데 막걸리주전자를 들고 이모를 따라간 나는 어머니의 꾸중도 아랑곳없이 논두렁에 쪼그리고 앉아서 수제비를 먹곤 했었다. 하얀 왜가리가 나락 논에 고개를 주억거리며 미꾸라지나 벌레들을 먹는 한가로운 때가 오면 손톱에 봉숭아꽃을 얹고 물들이던 쪼맨한 계집아이는 아래채 외양간의 소울음 소리에 화들짝 놀랐었다.

정지용은 언어의 마술사다. 함축적인 단어를 형상화시켜 꼭 필요한 곳에 적절하게 씀으로써 독자로 하여 작가가 내포하고 있는 작품세계에 몰입하여 공감대를 이루게 한다.

어릴 적에 자라던 고향의 풍경을 생생하게 노래하여 마치 어머니를 보듯 편안함을 느끼게 하는 정지용의 시는 아득한 그리움을 노래한 시인 윤동주를 생각나게 했다. 희고 긴 띠처럼 흐르던 혜라강과 한 밤, 벌판에 서면 손에 잡힐 듯이 쏟아져 내릴 것 같던 별빛들. 그 아득함을 그리움으로 승화시켜 노래한 작가의 심성은 얼마만큼 맑은 것일까. 사물을 바라보고 매료되어 군더더기 없이 표현할 수 있고 잘 정화된 정신세계를 가져야만 얻을 수 있는 귀한 선물인 것 같다.

사람마다 잊을 수 없는 기억은 사라지지 않고 오래도록 잠재의식 속에 깊이 숨어서 생각지도 않았던 순간에 언뜻 떠오르는가 보다. 나쁜 기억은 지우고 좋은 것만 생각나면 되련만 그렇지 않다.

심성이 맑으면 자연의 아름다움이 가슴속에 샘물처럼 고여 있어 두레박을 내리기만 하면 언제든지 퍼올릴 수 있는 것일까. 누구나 원하는 일이지만 잘되지 않는 일이다.

머잖아 들녘엔 익은 벼가 고개를 숙이며 황금빛으로 흔들리고 지금 단단한 풋감은 주홍빛 볼로 수줍음을 탈 것이다. 여태까지 바쁘기만 했던 마음을 채근하고 설익은 솜씨를 담금질하여 가슴속에 글밭을 가꾸는 마르지 않는 옹달샘 하나 갖고 싶다.

종이옷을 접는 여인

산사에 바람이 수런거린다. 깊은 계곡을 내리 쓸며 함성을 지르는 나뭇잎들. 단풍으로 고운 옷을 입기도 전에 다 떨어져 버리지나 않을까 안쓰러운 마음으로 창밖을 내다본다.

삶을 지탱할 능력을 포기한 사람들은 그 아픔으로 상처받을 이들에 대하여 조금이라도 생각해 볼까? 영희의 딸 미란이 스스로 생을 마감한 지 꼭 사십구 일째다. 서른 살 되는 미란의 안에는 새싹 같은 생명체가 들어있었다.

캐나다에서 여행객 가이드를 하던 미란은 유학 온 청년을 알게 되었고 둘은 양쪽 부모 몰래 동거 생활을 하였다. 이년 후 귀국한 두 사람은 양가의 부모님께 인사를 드렸지만 미란이네를 수소문

해본 청년의 어머니가 결혼을 반대하였다. 이유는 미란 아빠의 자살과 궁핍한 집안 환경 때문이었다.

색종이 네 귀퉁이를 맞붙여서 거꾸로 세 번을 접고 반으로 접어서 네 귀퉁이를 풀어서 노란 저고리를 만든다. 파란치마를 접어서 저고리에 끼워놓던 영희가 다시 빨간 색종이 네 귀를 정성스레 접는다. 깊은 한숨을 쉬며 골짜기 위로 떠도는 낙엽을 보는 그녀의 말없는 슬픔에 내 가슴이 먹먹하다. 딸의 옷을 접은 영희는 이번엔 빛을 못 보고 스러진 영혼의 저고리를 접는다.

여고 때 나와 같은 반이었던 영희는 스무세 살 되는 해, 부유한 집안의 아들과 결혼하였다. 영희가 결혼한 지 십 년쯤 지난 뒤에 영희 남편이 자살했다는 소식을 들었다. 친구 네댓 명과 같이 문상 갔던 영안실에서 썰물이 빠져나간 갯벌에 홀로 덩그마니 놓인 빈 배처럼 혼이 나간 영희를 마지막으로 그동안 연락 한번 못한 채 강산이 두 번이나 변했다. 그동안 내가 얼마나 무심한 친구였는지…. 힘들고 어려웠을 영희가 딸의 죽음을 또 어떻게 받아들일 수 있을까를 생각하니 마음이 아프기에 앞서 그녀를 보기가 두려웠다.

색종이로 딸의 저고리와 남편의 바지를 접고 있는 영희는 미술

시간에 열심히 종이접기를 하는 소녀 같다. 저렇듯 순박한 그녀가 외줄기 비탈길을 힘들게 걸어왔다고 누가 믿을 것인가. 저토록 해맑은 웃음을 잃지 않았던 비결은 대체 무엇일까. 그녀가 내디딘 삶의 발자국들이 깨우침을 주었단 말인가. 세월의 흔적은 어쩔 수 없지만 가장 사랑하는 것을 잃고도 맑은 눈빛으로 웃을 수 있는 그녀를 본 순간 가슴 한켠이 아릿했다. 딸의 죽음마저 가슴으로 보듬어 삭힐 수 있는 그녀가 낯설어 보이기까지 하며 세상의 모든 것을 내 잣대로만 보려고 했던 것이 부끄러워 낮달처럼 숨고 싶었다.

붉게 타오르던 불길도 쉬이 재로 남고 마는 것을. 정성껏 접은 종이옷을 입은 미란이 반야용선을 타고 훌훌 하늘로 날아오르는 것 같다.

사람들은 아무리 어려워도 희망을 갖고 산다. 그러나 간혹 희망이 실망으로 바뀌어도 체념을 하며 세월의 흐름 속에서 묵묵히 살아간다. 가슴속에 꿈이라는 보퉁이를 끌어안은 채….

해질 녘 더욱 선연해지는 단풍의 빛깔처럼, 활짝 피었던 꽃과 빛깔 고운 나뭇잎이 아름답게 지는 것을 보면 나도 홀연히 떠날 수 있어야 한다는 생각이 든다. 무엇이든 꽃필 적보다 질 때가 고와야 훨씬 더 멋있어 보이기 때문이다. 어찌 인생을 나뭇잎과 견줄 수 있겠냐마는 언젠가를 나뭇잎처럼 떨어져야 되는 것이 숙명인 것을. 다만 빛깔 고운 단풍잎이 되어 먼 여행길을 떠날 수 있길 바랄 뿐이다.

영희와 마주앉아 종이옷을 접는다. 종이옷에 담겨질 영혼의 무게는 각각 얼마만큼의 차이가 있을까를 생각해 본다. 손저울로 달아보는 종이옷은 날개처럼 가볍다.

낙엽 쌓인 오솔길을 걷는다. 발에 밟히는 낙엽소리에 귀가 자그럽다. 겨울이 지나면 어김없이 오는 봄. 따사로운 햇볕 깃드는 날, 친구의 손을 잡고 새 잎 돋는 푸른 언덕길을 오를 수 있으리라.

피안의 섬

　넓지 않은 푸른 물결이 가로 놓여 있었다. 아득히 먼 바다 저쪽에 있는 외로운 섬인 줄 알았는데 아기사슴 모양의 섬은 손에 잡힐 듯 가까웠다.

　소록도. 꼭 한 번은 와보고 싶었던 곳이다. 녹동 부둣가의 안내판에는 아기사슴이 바다에 빠져 허우적거리는 것 같았다.

　혈액같이 붉은 전라도 황톳길을 지나오며 한하운 시인이 절규하듯 읊은 시들이 생각났다. 천형을 짊어진 그가 무거운 발걸음으로 이곳을 지나가며 어떤 생각을 했을까. 마음이 착잡했다. 불가항력의 환경에 놓인 인간의 내면은 어떻게 변할까. 처음엔 저항하며 부정하려 애쓰겠지만 되돌릴 수 없다는 체념에 싸이면 차츰 자신조차도 생각하고 싶지 않은 환경에 적응하며 살아가게 되는 것 같다.

단절의 강, 눈앞의 바다가 절망의 상징처럼 느껴진다. 일행과 함께 승선표를 끊고 줄을 서는 동안에 내 머리 속엔 다른 생각들로 가득 차 있었다.

바닷가에만 서면 언제나 고향의 바다가 떠오른다. 밀고 왔다가 쓸려가는 파도가 긴 울음을 토하는 검은 밤바다에는 적막함과 그리움이 여울졌다.

가까운 곳에 외갓집이 있어서 나는 대여섯 살 어릴 때부터 외할머니를 따라 영화를 보러가곤 했다. 영화가 시작되면 외할머니의 무명손수건은 늘 눈물에 젖었다. 〈가슴 아프게〉라는 영화를 볼 때는 어찌나 우시는지 어린 맘에도 옆에 앉은 사람들에게 눈치가 보여 겸연쩍었다.

극장 뒷길로 나가면 바다가 있었다. 영화가 끝나고 바닷가 방파제에 주저앉아서 검은 바다를 바라보며 외할머니는 나를 끌어안고 노래를 불렀다. 현해탄 너머 일본에 살고 있는 외할머니의 어머니와 동생들을 그리며 눈물이 다 마를 때까지 숨을 죽이며 흐느꼈다. 그래도 바다는 무정하게 찰싹거리기만 하였다.

그리던 어머니를 끝내 만나지 못하고 외할머니는 쉰여섯에 눈을 감으셨다. 삼사 년이 지나서야 외할머니를 만나러 일본에서 성공한 남동생 두 분이 오셨다. 옛날, 외할머니가 바다를 원망하며 슬퍼했던 것처럼 그분들은 산소 앞에서 큰소리로 "누나!"를 부르며 밤바다의 성난 파도처럼 울었다.

　배는 섬에 닿았다. 해안선을 따라 난 길은 은빛 띠처럼 섬을 돌고 있었다. 검문소를 지나서 하얗게 내리붓는 햇빛을 받으며 푸른 언덕길을 돌아 내려갔다.

　수탄장. 바다만 단절의 강이 되는 것은 아니었다. 육지에도 건너지 못하는 회한의 강이 있었다. 부모들은 바람을 안고, 자식들은 바람을 등지고서 자식과 부모가 만났던 곳. 길을 가운데 두고 마주한 채 부모와 자식이 한 달에 한번 서로 바라만 보는 면회를 했다고 한다. 부모의 병이 자식에게 전염될까 봐 염려하는 마음이었겠지만 쓰다듬고 사랑해 주지 못하는 부모들의 안타까운 심정은 어떠했을까. 폐쇄된 짐승우리 같은 수용소에는 일제 강점기 때 많은 생체 실험이 이루어졌음을 나티내는 혈흔이 아직까지 벽면을 검붉게 물들이고 있었다. 한센 병이 천형이었던 옛날, 소록도에서 있었던 일이다.

사람이 극한 상황에 달하면 초연해지고 순수해지는 것인가. 맹목적이고 단순한 생각의 짧은 글귀들이 시멘트벽이나 바닥에 혈서로 적힌 것을 보고 어떤 상황에 부딪히더라도 당당하게 살아야겠다는 결심을 굳게 하였다.

부모형제를 마주보며 건너가지 못하는 슬픈 섬들이 지금도 하얗게 울고 있었다. '그들의 눈물이 파란 바닷물이 되었으리라'는 생각에 가슴이 아렸다.

여고 선배인 선희언니가 생각났다. 아직도 이 섬 어딘가에서 살고 있을지 모른다. 언니는 시내 중앙동에서 보석상을 하는 부잣집 외동딸이었다. 가녀린 몸에 뽀얀 피부가 꽃사슴같이 어여뻤다. 선희는 초등학교 동창인 동욱을 사랑했다. 동욱은 아버지 없는 오남매를 거느린 생선장수 엄마의 장남이었다. 가난하여 끼니를 거르기 일쑤였지만 동욱과 선희는 서로 형제처럼 지냈다. 대학입시를 몇 달 앞둔 어느 날, 까만 눈망울 위에 버들가지처럼 아리땁던 눈썹이 좀 이상해 보였다. 그렇게 이지러지기 시작한 눈썹은 시간이 가면서 차츰 없어졌다. 거울 속의 얼굴을 들여다보며 절망하던 선희는 어느 날 자취를 감추었다.

법관이 되고도 선희를 기다리던 서른다섯 살의 가을, 동욱은

'모든 것을 잊고 결혼해서 행복하라'는 선희의 편지를 받았다. 저기서 물어보면 선희언니의 소식을 알 수 있을까. 나는 중앙병원의 사무실을 몇 번이고 돌아다보았다. 나와의 만남으로 잊힌 상처가 덧나지는 않을까. 동욱도 그냥 보낸 선희언니가 아닌가! 아릿해지는 가슴 한켠에, 하얀 파라솔을 낮게 들고 분홍원피스를 입은 여인이 타박타박 걸어가고 있었다.

영원히 헤어지기 싫어서, 남이 되지 않기 위해 섬은 푸른 바다를 안고 산다. 평행한 기차의 선로처럼 끝내 만나지 못하더라도 마음속에 그리움을 끌어안고 섬은 뭍을 바라보며 산다. 그 불치의 상처를 다독거리며 섬은 물위에 솟아있다.

만나면 언젠가는 헤어져야 하는 섭리 속에서도 순간이 영원하다는 착각을 하며 나는 살아간다. 만났다간 헤어지고 뜻하지 않게 다른 사람들을 만나지만 인생이란 바다에 둘러싸여 돌아 올 수 없는 아득히 먼 데로 밀려가서 다시는 만나지 못하여 괴로워한다. 그러면서 못 잊는 사람들이 생긴다. 정으로 맺힌 사람들과의 헤어짐을 감내하기란 쉽지 않다. 더러는 잊으려고 애써보시만 그리워서 생기는 상처로 가슴속에 멍울이 진다.

그리움의 상처로 생기는 섬, 사람은 외로운 섬이다. 태어나서,

부모의 품을 떠나 세상이라는 바다에 빠지는 날부터 물위에 떠있는, 나는 목마른 섬이다. 안으로 흐르는 강이 있어, 밑으로 바다 밑으로 한줄기 강을 만들며 사는 나는 저 피안에로 울며 흐르는 섬이다.

최하림의 〈멀리 보이는 마을〉을 읽고

유월은 숙연해지는 달이다. 붉은 찔레꽃을 보면 순절한 넋의 혈흔 같아서 가슴이 뜨거워진다. 때 아닌 보슬비가 수더분하게 내리던 날, 맘 고운 이에게서 산문집을 선물로 받았다.

실타래가 풀리듯이 막힘 없이 써내려 간 작가의 문장력에, 여름날 시원한 소나기를 한 줄기 맞은 느낌이었다.

"오랜 시간을 두고 띄엄띄엄 읽어도 수필은 부담이 되지 않고 편안해서 좋다. 수필은 잠 아니 오는 밤에 읽어도 좋으며, 열차 간에서 낯선 사람들 틈에 끼어 창 너머로 새롭게 전개되는 풍경에 눈을 주며 읽어도 맛이 살아난다."는 작가의 머리글은 수필만이 지닐 수 있는 여유로움과 멋을 잘 표현하였다고 할 수 있다.

"나는 산 너머 하늘 너머 마을과 어머님의 둥근 무덤이 있다는 사실을 깨달았으며 그 고향의 무덤에는 서남해 바다가 금빛으로 타고 있다는 것을 알았다. 나의 시들은 그 마을과 무덤과 바다로 향해 가고 있었다."(두 강이 만나는 마을에서) 하지만 세월 속에서는 세상도 사물도 변해 가듯이, 서남해의 색조가 변하고 모습이 바뀌어져 금강이나 북한강 정도의 강물이 되었다. 학창 시절에 6·25를 겪은 작가는 굶주림을 밥먹듯이 하며 열정적으로 시를 썼으며, 70년대 말의 민주화 운동과 맞물리면서 뜨겁게 달구어지고 폭발처럼 터져 오르며 '5월 광주'를 겪었고, 뇌졸중으로 쓰러졌으나, 다시 일어나서 봄날의 햇빛과 돌담 새의 풀꽃들을 이슬 맺힌 눈으로 아름답게 볼 수 있었다. 눈물을 씻고 일어난 작가는 금강 상류에서 남한강과 북한강이 만나는 두물머리의 넘치는 물과 갈대를 보며, 저 물은 나에게 무엇인가를 생각하고, 아름다운 산들에서 흘러내리는 빗물들을 모아 강을 이루면서 흘러가는 그것은 나에게 무엇인가를 사색한다.

  나는 수필 한 편을 쓰는 동안 몇 번씩이나 벽을 느끼며 중단해야 하지만, 아가리를 벌린 뻥튀기 기계 속에서 강냉이가 쏟아져 나오듯, 거침없이 이어지는 작가의 문장은 마치 봇물이 터진 것 같다. 그것은 수많은 체험과 해박한 지식 덕이리라.

날씨가 더워져서 해이해져 있던 몸과 마음이 고삐를 당기듯 팽팽해짐을 느꼈다. 산하늘 너머 어머니의 둥근 무덤이 있고, 해질 녘이면 무덤 앞 바다가 금빛으로 불타는 남해바다를 마음의 고향으로 여기고 있는 나는, 작가와 동병상련의 정을 느껴서일까, 말없이 흐르는 남강을 본다. "어째서 물은 아침에 다르고 저녁에 다르고 밤에 다르며, 어째서 어제도 흘러갔고 오늘도 흘러가고 내일도 흘러갈 것인가"를 사색하며, 작가가 물끄러미 보고 있는 붉은 얼굴의 아이를 물속에서 떠올렸듯이, 나는 그 물 속에서 무엇을 떠올려야 될까를 고민한다.

기다림의 미학

등불

붉은 저녁노을이 치맛자락을 끌며 서산으로 넘어간다. 차를 몰고 강변길로 접어들었다. 드문드문 서있던 키 큰 가로등 대신 다이아몬드같이 빛나는 조그마한 등이 촘촘하게 박힌 진양교의 불빛은 활짝 핀 별꽃 같다.

유등 축제다. 온갖 모양의 오색등들이 바람을 흔들며 물결처럼 흐르고 정성스레 만들어 물에 띄운 등들이 어스름한 강 위에 꽃이 되어 떠 있다. 안개 같은 어둠 속에서 등들이 환해진다. 구석진 곳의 주름 등에도 불꽃이 핀다. 마음속의 어둠을 밝힌다. 무명을 밝히는 지혜의 등불을 켠다. 사람들마다 마음속에 간직된 지혜를 밝혀 평화로운 가정을 이룰 수 있도록 소망한다. 어두운 사회를 환하게 밝혀 누구나 웃으며 살 수 있는 세상이 되었으면 얼마나 좋을까. 문득 우리 집 현관 벽에 걸려있는 양철초롱이 생각났다. 시골집 골방청소를 하다가 시어머니 손때가 묻은 양철초롱을 발견하였다. 녹슬고 볼품이 없었지만 시어머니를 만난 듯 반가웠다. 심지를 끼워 불을 밝히면 좋겠다고 생각하여 현관에 걸어 둔 것이 그대로 몇 달이 지났다.

내가 시집올 때 시가에는 전등불이 없었다. 시어머니는 안채 마루의 시렁에 양철초롱을 걸어놓고 해가 지면 심지를 돋우고 불을 밝혔다. 그 후 전기가 들어왔는데도 시어머니는 부엌 곁에 있는 감나무에 양철초롱을 달아놓고 밤마다 불을 밝혔다. 날이 훤해질 때까지 초롱은 불이 켜져 있었다.

어느 달 밝은 밤, 그 초롱불을 끄고 잠든 적이 있었다. 새벽녘에 일어났을 때 초롱불은 그대로 켜져 있었다. 그런 일이 몇 번 반복되었지만 시어머니는 아무 말씀도 하지 않으시고 다시 켜 놓을 뿐이었다. 인적도 없는 밤에 불을 켜 둔다는 것도 이상하고 어두운 밤에 감나무에 덩그러니 걸려있는 초롱불이 때로는 약간 괴기스러워 무섬증이 들기도 했다. 새댁이었던 나는 이해할 수 없었지만 그땐 감히 여쭤보지도 못했다.

시아버지는 고혈압으로 쓰러지시기 전까지 비만 오면 밤낮 없

이 뒷산의 큰시어머니 산소로 가셨다. 비에 젖은 흰 무명 바지적
삼에 배어든 황톳물을 빼는 시어머니의 심정은 어떠셨을까. 그래
도 중풍에 걸린 시아버지의 병수발을 온 정성으로 하셨다. 환한
등불이 시댁의 어둠을 밀어내고 건강하고 화목한 가정을 꾸리고
자 하는 간절한 염원으로 날마다 등불을 켜기 전에 열심히 초롱
의 유리를 닦던 시어머니.

시어머니는 오남매가 있는 가정에 시집 오셨다. 큰시어머니의
일 년 상을 지내고 자신의 소생 하나 없이 미성인 삼남매를 반듯
하게 길러서 성혼시켰다. 어쩌면 가정의 평화를 위해 기도하며
가슴의 한을 태우며 밤마다 심지를 돋우고 불을 켰는지도 모른
다. "긴 병 앓지 않고 죽음을 깨끗이 맞이해야 될 텐데." 시어머니
는 군담처럼 되뇌곤 하셨다. 이십오 년 동안 안방을 지키시던 시
어머니가 잠자는 듯이 세상을 뜬 지 벌써 스무 해가 지났다.

집에 오자마자 양철초롱을 깨끗이 닦았다. 초롱에 심지를 갈아
넣고 불을 붙인다. 마음의 어둠을 없애는 지혜의 등불을 밝힌다.
불빛이 참 아늑하다. 이 초롱불이 우리 가족의 앞날을 밝히는 등
대처럼 영원히 꺼지지 않기를 소망해본다.

달하

조용하고 평안한 아침나절이 지나 처마 끝에 달린 풍경이 '촤르르' 울린다. 창가에 앉아서 드넓은 초록의 풍경에 젖어 차를 마신다. 마당에 하늘을 욕심껏 들여 놓을 수 있음에 감사한다. 봄볕에 부끄럼 타는 듯한 희뿌연 하늘을 올려다보며 취할 수 있음에 행복하다.

다시 아이가 되려는지 조그만 일에도 고맙고 모든 것이 소중하다. 숨은 듯한 낮달도 정겹다. 어디서든 지켜보고 있으니 외롭지 밀라고 속삭인다.

어려서부터 인간관계는 원활하였다. 친구들과의 우정도 돈독하였고 어른들한테는 귀여움을 받은 기억뿐이다. 하지만 결혼 후에는 형편이 달랐다. 모두 모르는 사람들, 편하고 활기 찬 생활에서 조용하며 울적한 환경이 너무 달라 적응하기가 쉽지 않았다. 그때 한 방편을 생각한 것이 푸쉬킨의 「삶」을 읊는 것이었다.

> 생활이 그대를 속일지라도/ 슬퍼하거나 노하지 말라/
>
> 설움의 날을 참고 견디면/ 머지않아 기쁨의 날이 오리니/
>
> 현재는 언제나 슬픈 것/ 마음은 미래에 사는 것
>
> 그리고 지난 것은 그리워하느니라.

이 시를 주문처럼 머릿속에 떠올리다 보면 상처를 받아 서러운 마음도 씻기고 진한 그리움도 삭힐 수가 있었다. 정말 시의 내용처럼 지난 것을 그리워하고 모든 것을 감사히 생각하게 된 현실을 맞게 되었다.

하지만 부모님과 두 살 터울의 오라버니마저 세상을 떠나자 상실감에 젖어 마음의 허허로움을 견딜 수가 없었다. 현실의 어려움을 이겨내는 데는 시의 도움을 받을 수 있었지만 그리움을 견디기에는 힘들었다.

자꾸만 쏟아지려는 눈물을 참으려 하늘을 보았다. 비행운 옆,

반쪽의 낮달이 하얗게 웃으며 '나 여기 있어 외로워하지 마!' 소리치는 것 같았다. 아~ 모두 그곳에 있구나. 언젠가는 나도 갈 것을 그렇게 힘들어 했구나. 어디로 가든 항상 같이 있는 달을 보자 그리 든든할 수가 없었다. 낮달은 편한 형제처럼 정겹고, 밤의 달빛은 따사로운 부모님 같다. 아무리 늦은 밤이라도 달빛이 있는 곳이면 무섬증도 외로움도 느끼지 않고 든든하다. 내 마음도 밝은 달빛처럼 고요하고 안온하게 모두를 감싸 안는 포용력을 가질 수 있을까.

목련가지 사이로 동자승 같은 달이 빙그레 웃고 있다.

추억 속의 먹거리

먹는 것이 넘쳐나는 세상이다. 간식이나 먹을 것의 종류가 하도 많아서 그 중에서 무엇을 먹을까를 고민하게 된다.

내가 초등학교 3학년 때, 학교에서 각 반에 강냉이 죽을 나누어 주었다. 그 날의 당번들은 점심때가 되면 양쪽으로 손잡이가 달린 알루미늄 양동이를 들고 급식을 받으러 갔다. 그때에는 생활이 어려워서 밥을 굶는 친구들이 많았다. 도시락을 갖고 오지 못한 친구들은 교실에 깨끗이 씻어두었던 그릇을 들고 길게 줄을 서서 차례가 되면 강냉이 죽을 받아서 가지고 다니던 숟가락으로 죽을 먹었다. 도시락을 먹고 있던 우리는 김이 모락모락 나는 강냉이 죽이 먹고 싶어서 부러운 듯 쳐다보고는 하였다.

5학년이 되자 강냉이 죽은 옥수수 빵으로 바뀌었다. 같은 동네에서 학교에 다니는 친구가 급식을 받았는데 나는 번번이 그 빵을 얻어먹었다. 우유 냄새가 약간 나면서 고소한 옥수수 빵은 정말 맛있었다. 나는 미안해서 내 도시락을 같이 먹자고 내밀었지만 그애는 고개를 흔들며 운동장으로 달아났다. 그런 뒤로는 오 원을 주고 사먹기도 하였는데 철이 들면서 그 친구한테 미안하다는 생각을 하였다. 초등학교 교사를 엄마로 둔 동네 친구네 집에 가면 그 빵이 많았다. 빵을 쪼개서 속에 노란 설탕을 넣고 솥에 쪄서 간식으로 먹었다. 나는 빵 때문에 그 친구 집에 자주 갔다. 포도나무 그늘의 나무평상에서 숙제를 하고 책도 읽으며 빵을 먹고 있노라면 행복해서 시간가는 줄 몰랐다.

먹는 것에 대한 추억 때문인지는 모르겠지만 나는 아이들의 간식을 잘 챙겨준다. 딸아이를 뚱뚱하게 만든 책임이 전적으로 나에게 있다고 남편은 면박을 준다. 하지만 맛있게 먹는 아이들을 보면 어릴 적 맛있게 먹었던 내 모습을 보는 것 같아서 기분이 좋다. 맛있게 먹을 때의 행복감을 느낄 수 있는 것이다.

못 먹어서 허약한 것보다는 좀 뚱뚱해도 건강한 것이 낫다고 생각한다. 먹을 것이 많아서 골라먹고 비만체질이 많아서 적게 먹는 현실을 생각하면 내 생각이 시대에 뒤떨어지는 것인지도 모른다. 하지만 식욕이 없고 나른한 어느 날, 어린 시절 맛있게 먹던 추억을 상기하며 입맛을 돋울 수도 있지 않을까. 세월이 아무리 변하여도 어머니가 해 주시던 음식이 제일 맛이 있듯이.

기다림의 미학

적요할 때도 지난 기억을 더듬으면 금방 즐거워진다.

바람이 스쳐도 깔깔대던 여중생 때의 일이다. 스승의 날, 정성을 다한 선물을 하고도 외면당한 혜련은 분을 참지 못하고 꼭 복수할 거라며 울먹였다. 땅딸하며 개구리배를 한 국어선생님이 뭐가 좋아서 초저녁에 나를 불러내어 각본을 쓰고 전화로 장난을 하려는지 도무지 이해할 수가 없었다.

공중전화 부스 안에서 손수건으로 싼 수화기를 귀에 바짝 댄 혜련은 "선생님이 잘 다니시는 길목에 사는 사람인데요. 꼭 한번 뵙고 싶습니다." 애교어린 목소리로 그렇게 시작한 전화 내용은 옆에서 듣고 있는 내가 등이 가려울 정도로 달콤했다.

"지금은 숙직이라 밖으로 나갈 수가 없는데 학교로 방문하시면 맛있는 차를 대접하겠습니다."라는 국어선생님의 말씀에 볼이 발그레해진 혜련이 대번에 곧 찾아뵙겠다며 싱글거린다.

"기다리는 것은 고통입니다." 수화기 너머 들려오는 목소리는 진지하다 못해 애절하기까지 했다. 학교로 가자는 그녀의 말에 질겁하며 거절했지만 성화에 못 이겨 운동장까지만 따라가 주기로 하였다.

살랑대는 아카시아향이 코를 간질였다. 까치발을 하고 담장 위의 줄장미 넝쿨 사이로 교무실 쪽을 살펴보니 Y자로 걷혀진 커튼 사이로 심각한 표정의 국어선생님이 팔짱을 끼고 왔다갔다 서성이며 연신 팔목의 시계를 보고 있었다. 어둠이 내리는 교정의 나무 그늘 밑으로 숨어들어간 우리는 교무실 창문 밑, 화단의 라일락 꽃그늘에 숨어서 귀를 쫑긋거렸다. 잘잘 끌리는 슬리퍼 소리, 거칠게 서랍을 여닫으며 드르륵거리는 시끄러운 문소리들에 짜증이 났지만 그 소리조차도 정겨운지 혜련의 눈은 샛별 같았다. 지루하기만한 나는 그녀의 팔을 억지로 끌고 플라타너스 나무 사이를 돌며 학교를 빠져나왔다. 아쉬움에 자꾸만 학교 쪽을 돌아보는 그녀를 등 떠밀어 보낸 그날 밤, 실없는 짓을 했다는 후회스러움에 밤새 뒤척이며 잠을 설쳤다.

조선시대 때, 밥 굶기를 물먹듯이 하는 여인이 있었다. 밤낮으로 공부만 하는 남편을 섬기느라 궂은일을 도맡아하고 먹을 것은 아껴 두었다가 남편을 주곤 했는데 어쩐 일인지 남편은 과거만 보면 낙방이었다. 배고픔을 더 이상 참을 수 없던 여인은 남편을 남겨둔 채 그만 야반도주를 하고 말았다. 한 십 년의 세월이 흘러 과거에 급제한 남편이 말을 타고 들판을 지나다가 들 가운데서 갱미 훑는 여인을 보니 아무래도 도망간 전처인 것 같았다. 남편 왈, "그대가 조금만 참을성 있게 기다렸다면 지금 저런 처지는 되지 않았을 텐데. 쯧쯧…."

'팔자소관'이라는 말이 있다. 타고난 팔자는 어쩔 수 없다는 말일 것이다. 나이 들면서 많은 일을 겪다보니 꼭 그렇지만은 않은 것 같다. '타고난 팔자가 아무리 좋아도 관상만 못하고, 관상은 심상(心想)만 못하다'는 말을 알고 있지만 다혈질의 성격 탓에 내 마음 다잡아 살기가 쉬운 일은 아니다.

오십 고개를 넘으면서 이제야 기다림도 즐기고 인생의 참맛을 알 나이가 된 것 같은데 '남들이 혼자만의 착각이지 아직 아니라'고 나무란다면 어찌해야 할까.

곡우가 지나자 텃밭에 고추모종 스무 그루를 심었다. 비가 한
번 내린 뒤 하얀 꽃이 한두 송이씩 피기 시작하더니 새끼손톱만
한 고추가 말간 얼굴로 빙긋 웃는다. 붉은 고추를 따기까지는 계
절이 바뀌는 것을 기다려야 하리라.

생명을 갖고 태어남도 일정한 기간이 지나야 하고 우연의 만남
도 시간의 흐름 속에서 이뤄진다. 어쩌면 인생은 끝없는 기다림
의 연속이고 그 속에서 어찌 꽃을 피우고 열매를 맺느냐는 각자
가 풀어야 할 숙제가 아니겠는가.

영원한 사랑

단아한 모습이었다. 반듯한 이마, 살짝 내려 뜬 둥글고 기품 있는 눈매, 도도한 듯 곧게 선 콧날, 살짝 벌어진 도톰한 입. 얼굴의 미려함과 곧고 미끈한 허리에 둥글고 튼튼한 어깨의 선.

최상의 조각품 앞에서 저절로 무릎을 굽혔다. 찰나에 이제껏 느껴보지 못한 연민의 정과 사랑이 가슴 깊은 곳에서 불꽃처럼 타 올랐다. 무엇을 염원하기보다는 자신조차 잊어버리는 환희심에 빠졌다. 얼마의 시간이 지났을까. 숨죽인 발걸음으로 들고나며 경건한 자세로 절하는 많은 사람들. 후끈한 사랑의 열기를 그들에게 돌려보낸다. 모두가 서로 사랑하기를….

해인사에서 만난 목불이었다. 진성여왕이 각간 위홍을 못잊어

똑같은 목불 한 쌍을 조성해서 사랑이 이루어지기를 발원하며 안치했다는 두 불상이었다. 새까맣게 옻칠을 한 나무토막이 그토록 사랑스러울 수 있다니.

두 비로자나불 상을 새롭게 단장시키고 화재예방에 최첨단 시스템을 도입했다는 방송을 듣고 다시 해인사를 찾았다. 대웅전 오른편에 두 불상을 나란히 모신 '비로보전'이 있었다. 유난히 치레를 하고 화장으로 짙게 덧칠한 것 같은 황금빛 몸체의 불상에서 이제는 아무런 느낌을 가질 수가 없었다.

새까맣게 옻칠된 나무둥치의 불상에서 사랑의 환희심을 느꼈던 것과는 달리 화려하게 치장된 금빛불상을 보고 아무런 감흥을 일으킬 수 없는 것은 시각적인 느낌에서 오는 감정의 유희인가. 아니면 진실을 감춘 겉치레에 너무 식상해졌는지도 모를 일이다.

그리움이 사랑으로 바뀌면 대부분 실망이 따를 수밖에 없는 것 같다. 그리움이 상상속의 자아라면 사랑은 현실의 굴레를 벗어날 수 없는 탓이리라. 위홍과의 사랑을 발원했던 진성여왕의 두 불상이 천년이 흐른 뒤에도 다시 만난 것을 보면 무엇이든지 지극히 원하면 다 이루어질까. 아마도 자신의 염력에 이끌려 스스로 그리 만들어 가는 것은 아닐는지.

혈육에 대한 사랑이 잔잔하고 변함이 없다면 이성간의 사랑은 걷잡을 수 없이 타오르는 불꽃같은 것인가. 하지만 그 어떤 사랑보다 숭고한 것은 모정이라는 생각이 든다. 자식에게 주기만 하는데도 늘 모자란 것 같아 아쉬워하는 어머니의 마음. 너무 일찍 가신 어머니지만 남기신 사랑이 너무 크기에 나이 들수록 죄스러운 마음이 더해진다. 해질녘, 붉은 노을이 산야에 깔리면 조용한 어머니의 음성이 들리는 듯하다. 그럴 때면 나는 거울을 본다. 어머니의 이마, 눈, 코, 입이 그 속에 있다. 내 마음속에 늘 살아 계시는 것처럼.

이제는 어머니의 자리에 선 내가 아무리 퍼 올려도 마르지 않는 자식들에 대한 사랑의 샘을 가졌듯이. 고마운 줄 모르고 늘 받으려고만 했던 어머니의 영원한 사랑에 언젠가는 보답할 수 있기를. 꿈속에서나마 어머니의 환한 웃음을 볼 수 있는 기쁜 날도 오기를 발원해 본다.

낯선 만남

진땀이 흐르던 날씨가 광복절이 지나자 금세 한풀 꺾였다. 며칠 비가 잦더니 오늘도 흐린 끝에 정오 무렵에는 가랑비가 풀풀대며 내린다. 웬 남자가 가게 문 앞에서 기웃거린다.

"왜 그러세요?"

"여기 젊은 여자와 할머니 한 분 오지 않았나요?"

우산을 쓴 남자는 안을 기웃거리며 내게 물었다. 아내가 시장에서 찬거리를 산 뒤에 칠순을 맞는 어머니의 옷을 여기서 맞추기로 했다는 말에 나는 우선 가게 안으로 들어오라고 했다. 우산꽂이에 얌전하게 우산을 꽂으며 안으로 들어온 남자는 고급아파트인 G에 살고 있다며 얼마 전에 아내가 가방과 소품 몇 개를 샀는데 참 예쁘더라고 말했다. 좀 기다려도 오지 않아서 전화를 해보라고 하였더니 갑자기 나오느라 휴대폰을 두고 왔고 아내의 전화번호가 단축번호로 저장되어 기억이 나지 않는다고 했다.

"아내에게 푸대접 받아도 싸요. 너무 했군요."

나는 그에게 의자를 내 놓으며 커피와 삶은 고구마를 권했다.

"어릴 때 먹거리가 없어서 밥 대신 고구마를 먹었거든요. 그때는 그것도 고급이라 칡뿌리와 소나무 껍질도 벗겨서 많이 먹고요."

고구마가 싫다고 말하는 약간 허스키한 거짓 없는 목소리에 나는 남자를 찬찬이 살펴보았다. 사십을 갓 넘긴 것 같은 나이에 키가 작고 촌스런 생김새였지만 옷차림은 단정했다. 그 나이에 고구마를 먹었다면 정말 가난했구나 싶어서"집이 어디였어요?" 하고 물었다.

"함양이요."

스스럼없이 대답하며 남자는 흰 이를 드러내며 웃었다. 한참을 기다려도 남자의 어머니와 아내는 오지 않았다. 마침 아는 이가 병원 갔다가 들렀다며 안으로 들어왔다. 남자는 당황한 듯 벌떡 일어나더니 옆의 식당에서 밥을 먹고 다시 오겠다며 나갔다.

빗줄기는 굵어지고 지나가는 사람들의 발걸음도 바빠졌다. 30분쯤 지나자 "아직 안 왔습니까?"남자는 들어오며 걱정스레 물었다.

"아마 다른 가게로 갔나 봐요."

내 말에 그는 펄쩍 뛰며 아니라고 했다. 다른 사람들에게 소개해 줄 정도로 여기 옷이 마음에 드는데 그럴 리는 없다고 하면서 또 기다렸다. 조금 지나자 남자가 호주머니에서 돈을 끄집어내더니 소리가 나도록 세었다. 열 몇 장 되는 것 같았다. 고개를 갸웃거리던 그는 안절부절 어찌할 바를 모르며 얼굴이 붉어졌다. 의자에서 일어나 "법무 사무실에서 누굴 만나기로 했는데 아내가 탄 차 열쇠고리에 집 열쇠가 달려 있어서 집에 들어가지도 못하고 연락도 안 되니 어쩌면 좋겠냐고 하였다. 나중에 아내가 오면 갚을 테니 돈을 좀 빌려 달라는 것이 아닌가. 미안하지만 빌려줄 돈이 없다고 딱 잘라 말했다. 정말 안 되겠냐고 사정하는 그의 핏발 선 눈을 보고 나는 등을 돌렸다. 물끄러미 서 있던 남자는 다시 온다는 말을 남기고 비가 쏟아지는 거리로 나갔다.

"속았다"는 것이 싫어서 혹시나 하는 마음으로 온종일 기다렸지만 그들은 찾아오지 않았다. 가게에 들른 손님에게 이야기했더니 시장 안의 사람들은 여럿이 당한 일이라고 하였다. 어떤 가게의 주인은 밥값과 돈까지 빌려 주었다는 말을 듣고는 기가 찼다.

　누군들 그 순진한 모습에 넘어 가지 않겠는가. 거기다가 분명 고액의 물건까지 살 거라고 장담했을 것이니 불경기의 장사꾼들을 우롱하기에 안성맞춤의 사기행각 인 것 같았다. 옷을 한 벌 파는 것보다 돈을 빌려 주고나면 하루종일 마음이 쓰일 것 같아 거절했는데 잘 한 일이었다. 그 남자의 생각이야 어떠했던지 나는 진심으로 대했으니 후회 될 일은 없었다.

　무슨 일이든지 진실로 최선을 다하는 것은 삶에 있어 가장 중요한 일인 것 같다. 욕심을 부렸더라면 어찌 할 뻔 했는가. 더 이상 자신이 시험대에 서게 되는 일이 없기를 바라며 장막을 치듯이 가게 문을 내렸다.

마음 내음새

삼월에 눈이 내려 하늘은 연일 희붐한 회색빛이다. 사랑채마당의 목련가지에 꽃망울이 주춤거리며 맺힌다. 시집 왔을 땐 꼬챙이던 것이 지붕 위로 훌쩍 커 올라 이젠 안채의 마루에서도 꽃을 볼 수가 있다. 꽃이 피면 온 동네가 환해진다.

조심스레 피는 백목련은 보는 이의 욕심까지 없애 주는 청초함이 있지만 질 때면 누렇게 변한 꽃잎이 생기 잃은 병든 여인 같아서 왠지 서글프다.

제철을 만나 마당가나 뒷산 언저리에 절로 디소곳이 피는 꽃들은 반갑고 매혹적이다. 찔레나 아카시아, 장미처럼 가시를 가진 꽃들은 향기가 진하다. "아무나 꺾을 수 있는 꽃은 되지 말라"시던 어머니. 그래서인지 은연중에 내가 만든 가시에 갇혀 자주 외로움을 탈지라도 한번 먹은 마음은 변하지 않으려 애를 쓴다.

철없던 때는 아무 꽃이나 꺾어 머리맡에 두고 향기에 취해 잠들곤 했었다. 그 후, 주위의 정든 사람들이 하나 둘 떠나고서야 생명의 소중함을 느껴 쉬이 꽃을 꺾지 못한다. 꽃꽂이를 아무리 잘해도 꺾인 꽃은 생명을 잃은 것 같아 슬퍼 보여서다.

사람마다 풍기는 냄새가 있다. 그 냄새를 향기로 남기기는 쉽지 않은 일이다. 외모의 아름다움으로 품격을 따질 수는 없지만 절제된 태도와 내면의 멋이 향기로 남는다. 맑은 눈빛과 편안한 표정, 소탈한 성격이 가미되면 심산유곡의 야생화 같은 기품과 멋이 느껴진다.

내 친구 민아는 제비꽃처럼 자그마한 체구지만 참 억척스럽다. 시어머니의 치매와 남편의 병수발로 몇 년째 시달리지만 남을 원망하지 않는다. 바닷물이 부딪칠 때마다 말갛게 씻기는 몽돌처럼 더 단단해지고 긴 꽃대 위에 우아한 자태로 피어나는 얼레지 꽃을 닮았다. 그녀를 본보러 하지만 급한 성격 탓에 잘 되지 않는다.

순박한 인상을 가진 이라도 웃음 뒤에 숨겨진 음흉한 마음을 읽어내기란 쉽지 않다. 욕심을 채우려고 접근했다가 이용가치가 없다 싶으면 등을 돌리는 그런 이가 가까이 있으면 나쁜 공기에 오염된 듯 쉬이 피곤해진다. 혹 자신의 욕심으로 남을 아프게 하고 이간질 시킨 일은 없는지 항상 조심할 일이다. 시원한 그늘과 향기로 상대를 편히 해줄 수는 없어도 모양이 그럴듯한 독초는 되지 않아야 한다고 다짐해 본다.

수행이 잘 된 사람은 상대방을 배려할 줄 아고 곁에 있기만 해도 큰 나무 그늘처럼 편안하고 홀로 오롯이 핀 야생화의 여백이 있어 자유로우며 향기조차 은은해서 가까운 이를 편하고 기분 좋게 만든다.

사람이나 식물이나 뒷모습이 고우면 아름다운 여운을 남긴다. 활짝 핀 모습 그대로 뚝뚝 떨어져버린 동백과 눈처럼 날리는 벚꽃을 예찬하는 것은 꽃이 질 때의 깨끗함에 아쉬움이 더하기 때문이리라.

품격 있는 향기를 가지려면 끊임없이 자신을 정화시켜야 할 것 같다. 추위를 견뎌 낸 나무가 단단하고 오지의 야생화기 더 맑은 향기를 내뿜듯이.

오월의 회상

가곡을 배우게 되었다. 일주일에 한번이지만 예술회관에서의 노래 부르기는 잠자던 정서를 찾는데 많은 도움이 되었다. 꿈에 부풀었던 여학교 때의 합창단원으로 돌아 간 것 같은 착각이 들 정도로 모두들 열심이다.

오늘은 어버이 날이다. 먼저 〈어머니 마음〉을 부른다. "낳으실 제 괴로움 다 잊으시고…"로 시작하는 노래는 두 소절을 부르기도 전에 소리가 힘없이 잦아든다. 옆자리의 젊은 여인은 안경 아래로 흐른 눈물을 연신 훔친다. 한 번에 터져 나오는 소리 없는 울먹임은 심연에 쌓인 그리움의 소산이리라.

초등학교 삼학년 때로 기억된다. 풍금소리에 맞추어 〈어머니 마음〉을 부르던 반 아이들 대부분이 훌쩍거렸다. 두 소절을 부른 후에는 고생하시는 어머니가 생각나서 책상 위에 엎드려 엉엉 소리 내어 울었다.

당시에 어머니는 은행에 다니는 집안 오빠의 신원보증을 해주었는데 그분이 공금을 횡령하고 잠적하여서 그 빚을 송두리째 떠안고 말았다. 전답을 빼앗긴 것도 억울한데 남은 빚까지 갚느라고 우리는 하루에 한 끼를 칼국수로 때웠다. 아버지에 대한 미안함과 어려움을 이겨내려는 어머니의 고통스런 모습이 떠올라 울음을 그칠 수가 없었다.

평소에 부끄럼이 많고 말없던 내가 그리 슬피 울자 방과 후, 선생님은 우리 집에 가정방문을 오셨다. 벌겋게 부어오른 내 얼굴을 본 어머니는 깜짝 놀라서 무슨 일이냐고 뒤따라오신 선생님께 물으셨다. 나는 어머니 치마폭에 엎드려서 소리 내어 울었다. 어머니한테는 연한 우유와 달큼한 황토냄새가 났다. 부드러운 느낌에 마음이 편안해지고 종일 울었던 피곤함에 눈이 스르르 감겼다.

세상에 어떤 명약보다 어머니 곁에 누워 잠드는 것만큼 좋은 것이 있을까. 결혼을 한 뒤에도 몸이 아프거나 서러운 일이 있으면 어머니 곁에서 한숨 푹 자고나면 씻은 듯이 나았는데 서른이 되면서 그런 호사를 누릴 수는 없었다. 스물아홉에 어머니를 잃었기 때문이다.

어릴 적, 식구들이 둘러앉은 밥상머리에서 오빠는 간혹 수수께끼를 내곤 했다. 모든 게 새것이 좋지만 부모님만큼은 헌것이 좋다는 답에 우리 형제들은 같은 마음으로 손뼉을 쳤다.

어제는 산소에 빨간 카네이션을 꽂았다. 옛날, 어머니에게 꽃을 달아주며 돌아가신 어머니께는 하얀 카네이션을 드린다는 말에 "내가 죽더라도 흰 꽃은 사지 마라. 빨간 꽃을 사지 못하는 너희들 마음이 얼마나 서럽겠니." 하시며 재차 다짐받던 어머니는 일찍 가실 걸 미리 아셨을까.

어머니가 그리 일찍 돌아가신 것은 아버지가 곁에서 못 챙겨 생긴 일이라고 한동안 아버지를 원망했다. 어느 땐 마주보기가 거북스러워 일부러 외면을 하였다. 십년 가까이 혼자 계시는 동안 굽어져가는 아버지의 등을 보며 내 마음을 삭혔고 오빠의 주검 앞에서 생명의 끈은 어쩔 수 없는 불가항력의 운명임을 느꼈다.

나이 드실수록 철없는 아이같이 해맑아지시던 아버지. 나를 보실 때면 그저 반갑게 웃으시던 아버지를 뵐 때면 늘 옥죄는 욕심의 굴레에서 벗어나 편안해지곤 했다. 부모님은 내게 빚진 게 없었는데 나는 왜 늘 받기만 바랐을까. 그 은혜의 반만이라도 갚을 수 있었다면 이런 회한이 조금은 덜할 것을.

지난겨울, 갑자기 쓰러지신 아버지가 세상을 떠나신 후에야 평생 근실하셨던 고마움을 뼈저리게 느꼈다. 언 땅속에 모신 게 마음이 편치 않아 이른 봄에 산소를 찾았더니 봉분에 하얀 제비꽃을 피우셔서 '걱정 말'라고 안심시켜 주시는 듯했다. 부모님을 잃은 뒤에 생전의 고마움을 뼈저리게 느껴본들 어쩌겠는가. 산소의 잡초나 뜯다가 돌아올 수밖에 없는 일이다.

사랑채 마당에 새순의 질경이가 푸릇하다. 지난가을에 아버지와 같이 갔던 바닷가 모래톱에서 새파랗게 잘 자라는 질경이를 보았다. 도시에서만 살다가 남편의 퇴직 후, 허물어져가는 시댁을 지키겠다는 욕심으로 시골 생활을 시작하였다. 전혀 다른 환경에 적응을 못하고 내 정체성까지 흔들리며 우울증을 겪고 있던 때였다. 척박한 땅에서도 당당하게 씨방을 곧추세운 질경이가 부러워 두어 포기 캐어와 마당가에 심었다. 아무 곳에서나 잘 자라고 발에 밟힐수록 튼튼해지는 질경이를 볼 때마다 용기를 얻었다. 자연과의 교감이 생기고 흙과 더불어 살아가는 지혜도 생겼다.

흔히 추억 속에서 살아가는 삶은 바보 같은 짓이라고 말한다. 미래 지향적이라야 진취적이고 성공할 수 있다고 한다. 하지만 지난 일들을 떠올리며 그때 느꼈던 교훈들을 현실에 접목시켜 살아간다면 후회되지 않는 현명한 일상을 보내지 않겠는가.

다들 촉촉이 젖은 눈빛으로 이종택 작사의 〈그리움〉을 노래한다.

― 멀고 먼 고향이 그리운 것은 고향의 어머니가 그립기 때문~.

군산, 채만식과 섬

군산에 들어서자 절로 마음이 넉넉해졌다. 대개 바다에 접해 있으면 농지가 부족하고 논과 밭이 많으면 바다가 멀기 마련인데 이곳은 넓은 농지와 바다에 접해있어 옛적부터 경제적으로 풍족한 지역임을 알 수 있었다.

문학관을 탐방해보면 작가의 사후에 건립한 것이 대부분이지만 그 분위기가 판이하게 다른 것에 묘한 느낌이 든다. 그것은 작가의 작품과 많은 관련이 있는 것 같다. 작품 속에는 작가의 성품이 녹아 있기 마련이고 그 작품을 보관하고 작가를 기리는 문학관은 당연히 다를 수밖에 없겠지만 그래도 관리는 다른 사람이 할 수밖에 없지 않은가. 좀 한적한 군산시 내흥동에 자리 잡고 있는 채만식문학관은 왠지 좀 폐쇄적이고 숨이 막힐 듯 답답했다.

글을 쓰는 것은 자신을 정화 시키는 작업이다. 펜을 잡기 전에 흐트러진 마음부터 가다듬어 바르게 하고 본 것과 느낀 것에 대한 사색이 필요하다. 글의 구성을 고르고 짜임을 맞춘 후에야 글쓰기에 몰입하게 된다. 그것은 집을 짓기 전의 기초공사와도 같고 도(道)를 깨치기 위해 산방(山房)에서 가부좌를 틀고 앉는 것과 흡사하다. 그래야 마음속에 쌓인 생각들을 잠시나마 잊게 되고 거침없이 글을 쓸 수 있기 때문이다.

채만식의 연보에서 '내성적인 성격으로 폭넓은 교우관계를 갖지 못했다'는 평을 읽고는 옛 선비가 자신을 채찍질할 때 갓끈을 바짝 조이듯 나의 성격이나 행동을 돌아보고 반성하는 계기가 되었다.

고집이 강하면 편견이 생긴다. 쓴 글을 혼자 읽고 말 것이면 별 문제가 없지만 여러 사람들에게 읽히는 글이라면 독자의 입장도 생각해 볼 문제다. 작가 나름대로 정립된 철학이나 사상 속에 완성된 시라도 너무 난해해서 독자들이 풀어 읽을 수 없는 것은 문학적 가치가 떨어지는 것 같다. 하물며 수필에 있어서는 더욱 그러하다. '나는 글을 쓰는 지식인이니 그 뜻을 아는데 읽는 독자가 무지하다'고 탓한다면 그것은 작가의 강한 아집 때문이다. 글의 내용이 어렵고 무슨 말을 하는지 잘 모르겠다고 하는 독자를 탓할 게 아니라 작가가 독자의 뜻을 수렴하는 자세가 필요하다. 많은 독자 중에서 한 명이라도 알아주면 된다고 하는 오만한 자세는 글을 쓰는 기본 소양이나 자질에 문제점이 있다고 생각된다. 세상은 혼자 사는 것이 아니라 人자처럼 서로가 버팀목이 된다. 만약 '너는 너무 똑똑하고 잘났으니 혼자 외딴 섬에서 살아라'고 하면 선뜻 나설 사람이 있을까? 혹 있더라도 자신의 가치를 알아줄 사람이 없어서 외롭고 고독함에 지칠 것이다.

'나는 잘나고, 너는 못났다'도 없고 '내 글은 좋은데 다른 이의 글은 글이 아니다.'는 이해할 수 없다. 사람마다 개성이 다르고 생김도 다르다. 하도 못나서 자세히 들여다보면 하는 짓이 예쁘고, 너무 잘나서 오래 보고 있으면 금방 싫증나는 것이 사람이다. 아무리 못쓴 글도 잘 써보려고 고생한 흔적이 보이는 글을 읽으면 절로 웃음이 번지고, 화려한 문상에 미사여구를 늘어놓은 알맹이 없는 글은 괜히 시간만 아까울 때가 있다. 하지만 어떤 이가 쓴 글이라도 대부분 혼신을 다해서 쓰고 다듬은 글이라 살갑게 대하고 작가를 인정해주는 자세는 꼭 필요하다.

한창 개발하는 곳이라 산을 깎아내고 바다를 메우는 곳이 많았다. 일부러 그러지는 않았을 텐데 산을 반반하게 고른 한쪽에 누구나 시선을 두고 쉴 수 있는 작은 섬 같은 집채만 한 둔덕이 보였다. 그 둔덕 위에는 파릇한 풀잎들과 개양귀비 모양의 노란 꽃들이 나풀거렸다. 어쩌면 포클레인의 기사가 소담스레 핀 꽃을 뭉개버릴 수 없어 작업을 미루었는지도 모를 일이었다. 그래선지 힘들게 일하는 노동자의 모습이 삭막해보이지 않았다. 꼭 '바다에 있어야 섬이다'는 편견을 깰 수 있었다.

멀리 보이는 섬은 마음의 고향이기도 하고 어느 땐 걷잡을 수 없는 그리움의 대상이 되기도 한다. 군산시내 한켠에 자리한 채만식문학관은 지친 자들이 잠깐 쉬어가는 작은 섬인지도 모른다. 언제나 쉴 수 있는 섬은 바다 먼 데 있지 않고 마음속에 자리하고 있다는 것을 느꼈다. 내가 쉴 수 있는 섬이 아니라 내 글을 읽는 이에게 잠시나마 마음을 쉬게 해 줄 수 있는 섬 같은 글을 쓰려면 얼마만큼의 노력이 더 필요한 것일까.

노을빛 여정

진양교를 걷는다. 플라타너스 잎사귀가 바람을 잡으려고 아우성이다. 남강이 흐르는 뒤벼리 고갯길은 한 폭의 산수화 같다. 칠암성당의 첨탑에 노을이 걸리면 강 건너의 칠암동은 주홍빛으로 마감된 서양화가 된다.

붉은 노을이 깔리면 낮 동안 절절 끓던 해는 빛을 감추고 한 닢의 황금빛 금화로 변해 산 능선 위에 얹혀있다. 엄지와 검지에 잡힐 듯하다. 낮 동안에 온갖 갈등을 소진시킨 듯 세상이 편안해 보인다.

푸른 남강이 흐르는 뒤벼리 고갯길에는 깎이다 남은 바위 틈새로 삐죽이 고개를 내민 야생화가 군락을 이루고 철재담장을 넘어 타고 오르는 붉은 줄장미도 조화를 이룬다.

논개의 둥근 쌍가락지가 진주교 기둥을 감고 있다. 옥가락지의
푸른빛은 강물에 녹아내리고 나비처럼 너울대는 춤사위로 님의
고운 넋은 남강에 묻혀있다. 쌍가락지가 부딪는 소리, 침묵에 잠
긴 강물은 마음을 비쳐준다.

하늘빛의 마알간 강물이 어둠을 먹으면 남강 가의 가로등은 강
속에 길게 누워 흐느적거린다. 물속에서 일렁이는 노랗고 붉은
불빛을 보면 어머니의 관 앞에서 펄럭이던 만장의 색깔들이 어렴
풋이 생각나고 어릴 적 허물없던 친구의 모습도 파노라마처럼 떠
올라 그리움으로 흔들린다. 때론 오래 전에 보았던 중국 영화속
에서 빗물에 점점이 흩어지던 홍등가의 불빛과 슬픈 사연을 지닌
여주인공의 흐느낌이 떠올라서 괜스레 마음이 울적해지기도 한
다.

강을 따라 걷다보면 물위로 둥둥 흘러가는 것 같다. '강물이
흐르듯이 순리(順理) 대로 살아라'고 누가 속삭이는 것 같다. 술렁
서리는 마음을 다독인다.

사춘기 때, 나는 바다가 보이는 집에서 자랐다. 대청마루 가운
데 있는 기둥에 기대면 멀리 보이는 파란 바다는 언제나 나를 부

르는 듯 했다. 배라도 띄워서 탈 수 있다면 어디든지 떠나고 싶었고 바람이 심하게 부는 날은 더욱 그러해서 홀린 듯이 성난 바다를 찾아 나섰다.

매끄러운 바닷물은 바다를 베고 누운 바위 틈새로 살갑게 밀려와서 해작거렸다. 두 손으로 받는 물은 어느새 손가락 틈새로 빠져 버리고 비릿한 내음만 코를 간지럽혔다. 숲이 우거진 노산공원 산책로를 걷기도 하고 볼이 알싸할 정도로 차가운 바람을 맞으며 바닷가 들녘을 걸어 다녔다. 아무도 보이지 않는 곳에서는 노래를 불렀다.

"슬픈 눈동자의 소녀가 강변을 걸어가네/ 바람에 휘날리는 검은머리 혼자서 걸어가네."

악을 쓰듯이 노래를 부르고 나면 울렁대던 가슴속의 파도가 잔잔해졌다. 젖은 눈을 손등으로 비비며 발길을 돌리면 바다는 다시 나를 붙잡고는 하였다. 간혹 이모는 "처녀가 갯바람이 들면 못쓴데이. 시집 못 가는 기라." 하며 놀렸다.

진주의 남강은 수유부의 파릇하게 돋은 젖줄이다. 주변에는 시가지가 형성되어 시민들의 생활 근거지가 되었고 남강다리를 지나는 이들은 강바람을 맞으며 쌓였던 피로를 씻는다.

지금은 강폭이 많이 좁아졌지만 오륙십 년 전만 하여도 무더운 날엔 개구쟁이들이 남강에서 멱을 감았고 사계절 여인네들이 빨래하는 모습을 볼 수 있었다고 한다. 새파란 강을 따라 하얀 백사장이 펼쳐진 모랫길 위로는 사철 푸른 대나무가 무성하고 청춘남녀들이 밀어를 속삭이는 장소로 적격이어서 그 시절에 사춘기를 진주에서 보낸 사람이면 못 잊을 추억들을 간직하여 고향을 잊지 못한다.

　지금은 강폭이 좁아지고 물길도 깊어졌다. 가끔씩 모터보트가 다니고 푹푹 찌는 여름날에 멱 한 번 감을 수 없지만 내가 어릴 적에 고향 바다를 사랑하며 곱게 자랄 수 있었듯이 남강을 보는 모든 이들이 다 편안함을 느낄 수 있기를 소망한다. 강가에 버려진 비닐 종이를 줍는다.

　'사르륵' 논개의 옷자락 끄는 소리가 들리는 듯하다. 황급히 가슴을 여민다.

하루

객지의 추위는 가슴속까지 떨려온다. 두꺼운 외투를 입고 집을 나섰다. 마음 따라 몸도 움직이는가보다. 낙성대 쪽으로 가려던 것이 관악산으로 향한다. 집에서 자박걸음으로 십오 분쯤 가면 S대 정문이 나오지만 샛길로 빠지면 금방 학교 안으로 들어선다.

미술학과의 MOA관 앞이다. 누렇게 바랜 잔디 사이에 황토빛 조각돌이 모자이크로 깔려 있다. 이 뜰을 처음 밟았을 미술학도들의 설렘은 어디로 갔을까. 황량한 겨울바람 탓인지 썰렁하다. 관악산을 들를 때마다 느끼지만 학생들의 표정이 그리 활기차 보이지는 않는다. 입시 전쟁을 치르고 나면 곧 취업이나 학위준비를 해야 하는 현실 앞에서 풋풋한 젊음들이 기를 펴지 못하는 것 같다. 멀리 산정상의 바윗돌을 보며 내가 가봐야 할 연구실이 어디쯤인지 가늠해보고는 포기하고 말았다. 아들에게 부담 줄까 봐 싫었고 관악산 맨 위의 공학관까지 가기에는 춥고 마음도 무거웠다.

저만치 벤치에 앉아 있는 육십 대 정도의 여인이 두꺼운 책을 펴들고 입을 오물거린다. 기도를 하는 걸까. 장독 위의 정화수 앞에서 두 손을 비비던 어머니 모습이 떠오른다. 이리 안절부절못하며 서성대는 것보단 땅바닥에 오체투지하여 관악산 산신령께 절이라도 할까. 그러지도 못하는 자신이 안타깝다.

우리는 일상 속에서 얼마나 많은 시험대를 거쳐야 하는 걸까. 한 고비를 넘기면 또 다른 난관이 놓여있어 인생은 마치 스무 고갯길을 넘는 나그네의 여정 같다. 그 길을 들어선 자식이 안쓰러워 두어 시간 서성이다가 학위심사가 끝날 때쯤에야 집으로 발걸음을 옮겼다.

도시의 봄은 먼저 여인들의 차림새에서 느낀다. 파스텔 톤의 가벼워진 옷차림을 보면 얼어 있던 마음의 빗장이 슬며시 열리기도 한다.

관악구청 앞이다. 입구 위의 대형 간판에는

사월은 잔인한 달/ 죽은 땅에서 라일락을 키워내고
추억과 욕정을 뒤섞고/ 잠든 뿌리를 봄비로 일깨운다.
— T· S. 엘리엇 〈황무지〉 중에서

　박병철의 글씨는 봄에 취한 듯 비틀거렸다. 하지만 지나는 이
누구도 별 감흥을 느끼지 못하는 것 같다. 화단 옆의 간이의자에
앉은 나는 '왜 화사한 봄날을 잔인한 달이라고 했을까' 하는 의문
에 빠졌다. 그토록 아픈 계절이란 말인가. 그래! 그런 때가 있었
지. 꽃망울을 열던 부드러운 햇살, 초저녁 살랑거리는 바람이 맨
다리에 닿는 느낌. 푸석거리는 흙을 촉촉이 적시던 비의 속삭임
에 가슴을 앓던, 소녀 때의 일들이 아득한 기억 저편에서 깃발처
럼 나부꼈다.

　모두들 바쁘게 오가는 곳. 지나는 버스 안에서나 길을 걷거나
혹 슬픈 일을 당했더라도 모두가 이 시를 읽기를, 잠시나마 해맑
던 한때의 시절을 꿈꾸길 바라며 자리에서 일어섰다.

　창호지문이 희뿌옇다. 해뜨기 전에 일을 마무리 지어야 하리
라. 작업복을 챙겨 입고 집 뒤의 채마밭으로 올라간다. 언덕의

키 큰 소나무 가지에는 벌써 새들이 아침 산책을 나와 배배거린다. 이슬에 젖은 개미딸기의 빠알간 자태가 화사하다. 이랑을 지우고 거름을 주어 두둑을 돋운 땅에 당근 씨를 흩고 옆 두둑엔 배추씨를 뿌린다. 그 위에 흙을 가볍게 덮고 흰 부직포를 씌워 물을 준다. 온 몸이 땀에 흠뻑 젖는다.

아직 서툰 농사꾼이라 씨도 한 움큼씩 흩어버리고 눕혀 심어야 될 고구마 모종을 꼿꼿이 세워 심어 질책을 당하기도 한다. 때론 힘들어 몸살도 앓지만 놀이터 치고는 실속이 있는 것 같다. 아무렇게 심어도 어느새 쑤욱 자란 잎들이 정겹다. 관심 있게 돌보는 것만큼 얻을 수 있으니 그 순수함에 마음이 맑아진다. 우선 푸릇한 토마토모종들이 눈깔사탕만한 열매를 달고 줄지어 있어 마음이 뿌듯하다.

우리는 영원을 갈구한다. 영원이 있을까. 결국엔 변해버리는 것에 체념하면서 익숙해지지 않는가. 날마다 새로운 아침을 맞는다. 늘 같은 일상 같지만 매번 다르게 맞이하는 하루다. 하루의 신실된 생활은 미래를 결정짓는 디딤돌이 되고 후회하지 않는 과거로 남지 않겠는가.

민들레 씨가 비상(飛翔)하고 있다.

가을 언덕에 앉아

만남의 열정과 이별의 서러움은 인생에서 양극화 된 한 단면이 아닐까. 땡볕 아래 매미 소리가 극성이더니 견우와 직녀가 만나는 칠석을 넘기자 북향의 창문에서 선선한 바람이 밀려온다. 시원한 바람이 등에 가실거리면 근원도 알 수없는 외로움에 가슴앓이를 한다. 구월에 잃은 어머니가 퍽 그리운 탓도 있겠지만 수많은 의미를 간직한 깊은 바다의 쪽빛 눈빛과 바람결을 떠도는 낙엽 때문이기도 하다. 그런 내 마음을 알기나 한 것처럼, 가을의 초입이면 어김없이 구성진 노래를 불러주는 연인이 있다.

아침 준비를 하는데 뒤 베란다에서 귀뚜라미소리가 들린다. 만가웠다. 새끼개미들의 소동에 연막탄 살충제를 뿌려서 집 안에 벌레는 없을 거라고 생각했는데. 다른 풀벌레소리는 시끄럽지만 끊어진 듯이 간간이 들리는 귀뚜라미 소리는 세레나데처럼 감미로워서 편히 잠을 잘 수 있어서다. 사춘기적의 귀뚜라미소리가 내 잠재의식 속에 남아있어 그리 정겹게 들리는지도 모른다. 해마다 찾아와 나를 부르는 귀뚜라미소리는 여름동안 무디었던 감각이 새순처럼 살아나 열기에 들떴던 머리와 가슴을 다독거리고 잊었던 자아를 찾게 한다. 눈에 보이는 모든 것들이 새롭게 보이고 그냥 스치던 일들이 새로운 의미를 던진다. 악다구니하듯 내지르는 거리의 매미소리는 짜증스럽지만 속삭이는 듯 애절한 뚜루루 하고 부르는 듯한 소리는 내 가슴속에 잠자던 아릿한 향수를 불러일으켜 준다. 그래서인지 가을의 전령사인 귀뚜라미가 연인 같은 생각이 든다.

가을 깊은 날, 산자락에 엇비치는 노을을 등지고 고갯길에 앉으면 멀리 들녘 끝자리에 솜사탕 같은 연기가 피어오르는 마을이 보이는 곳, 상념의 자락이 연기처럼 감도는 향수를 느끼며 한없이 자유로워진다. 들국화의 향기가 실타래처럼 내게 감긴다. 냄새, 그리움이다. 숨을 멈추며 하늘빛 바다와 바다 빛 하늘의 가을을 삼킨다. 누구나 영원히 함께 할 수 없음을 잘 아는 터에 몸을 오므리며 봉숭아 꽃씨를 터뜨리듯, 외로움을 토한다.

'발자국을 남기지 않고 눈 속을 걸을 수 있게 되면, 사랑을 하라'는 에드워드 버니의 말처럼 기억의 흔적 같은 발자국을 지우면 정말 사랑할 수 있을까. 영혼의 만남은 가능하지 않을까. 가을이 저물기 전에 물빛 하늘이 되어 바다 속에 내려앉고 싶다.

외로움을 멋처럼 즐기다가 삶의 고갯길에서 바람에게도 길이 있다는 것을 느낀 후, 마음을 다잡는다. 이제는 그 외로움마저 정겹게 느껴지는 것은 세월의 켜가 쌓여 이력이 붙은 까닭이리라. 바람처럼 떠돌다가 혼자임을 절실히 느낄 때 깃을 찾아드는 새처럼 정이 그리워 결국 우리는 한 곳에 안주하게 된다.

살아있는 모든 동물에게는 귀소본능이 있다고 한다. 정열과 패기와 건강이 넘칠 때에는 미지의 세계에 대한 호기심과 욕망 때문에 방황하지만 해가 저물거나 몸에 병이 들었을 때는 찾는 곳이 오롯이 몸을 지탱할 집뿐이다.

해질녘 언덕에 앉아 정든 마을을 내려다보면 되살아나는 옛일들이 머릿속에서 영화의 필름처럼 오버랩 된다. 가을 날, 혼자가 오히려 덜 외로운 것은 실크처럼 감싸주는 바람이 있기 때문이리라. 그리운 이들아! 우리 모두 언젠가는 레테의 강에서 만나자. 서러움은 기억 저편으로 버리고 행복의 바다를 향하여 노 저으며 가자!

황나(黃糯)

가을

한 귀퉁이

고개 숙이고 섰다.

뙤약볕

아래의 청춘은

노란 수술에 감추우고

하마나

베일 날 언제일까

길게 목 늘이며 붉게 운다.